나는 낯선 풍경 속으로 밀려가지 않는다

시작시인선 0440 나는 낯선 풍경 속으로 밀려가지 않는다

1판 1쇄 펴낸날 2022년 9월 30일
지은이 전희진
펴낸이 이재무
기획위원 김춘식, 유성호, 이형권, 임지연, 홍용희
책임편집 박찬세
편집디자인 민성돈
펴낸곳 (주)천년의시작
등록번호 제301-2012-033호
등록일자 2006년 1월 10일
주소 (03132) 서울시 종로구 삼일대로32길 36 운현신화타워 502호
전화 02-723-8668
팩스 02-723-8630
블로그 blog.naver.com/poemsijak
이메일 poemsijak@hanmail.net

ⓒ전희진, 2022, printed in Seoul, Korea

ISBN 978-89-6021-660-0 04810
      978-89-6021-069-1 04810(세트)

값 10,000원

나는 낯선 풍경 속으로 밀려가지 않는다

전희진

천년의
시 작

시인의 말

　끝까지 펼쳐진 창의 내륙을 따라 나는 짐칸의 수화물처럼 어딘가로 떠나고 있었다.
　그즈음 들리는 건 빗소리뿐이었다. 비가 온다는 간다는 아무 예보나 약속도 없이
　2022년 긴 여름이 흥건한 걸음으로 지나갔다.

차 례

시인의 말

제1부

물소리의 음계 ———— 13

네모난 창 ———— 14

텍사스는 카우보이를 남기고 나는 무늬를 남기고 ———— 16

초록색 캐비닛 ———— 18

검은 숲 ———— 20

그것 보세요, 당신의 발자국이 사라지고 있군요 ———— 22

새집이 날아간다 ———— 24

환절기 ———— 26

선택 ———— 28

침입자 ———— 35

지금 나는 관 밖에 앉아 있습니다 ———— 38

새 ———— 40

디어 윈터 ———— 42

안개꽃이 있는 정물화 ———— 46

뭐 하나 잘 만들 줄 몰라서 ———— 48

제2부

동쪽 마을에서 ——— 53

잠시 흔들리는 식탁 ——— 54

지구는 여전히 둥글고 좁게 느껴지네 ——— 56

별이 자꾸자꾸 떨어져요 ——— 58

불안의 무렵 ——— 60

꿈 ——— 62

모놀로그 ——— 64

목련꽃 질 무렵 ——— 66

LP판 ——— 67

고용 ——— 68

나는 프랭클린을 사랑해 ——— 70

언제까지 우유만 따르고 있을 것인가 ——— 72

정당한 노래 ——— 74

전래 동화 ——— 76

새러소타 ——— 78

어느 목조건물 ——— 80

제3부

어머니의 은행 잔고 ──── 83

눈 ──── 84

선글라스 ──── 86

귀뚜라미와 아이와 질긴 울음과 ──── 87

바깥이 궁금한 사람에게 ──── 88

썰물 ──── 90

우리는 습관성 ──── 91

뜯어내다 ──── 92

오렌지 향기가 진동하는 봄밤의 살인 사건 ──── 94

재스민이 어지럼증으로 피어 ──── 96

자주 기다리는 사람 ──── 98

밀접 접촉자 ──── 100

일상의 무늬 ──── 102

세상에 나만 살아 있다는 소름들 소문들 ──── 104

제4부

왜 당신은 당신밖에 섞일 수 없는 거야? 라고 그가 말했다 ──── 107

토스터에서 두 쪽의 빵이 구워 나오길 기다리는 시간 ──── 108

금속성의 문장들 ──── 110

어떤 논의 ──── 112

우리에게 외로움이 다녀간 줄 모르고 ──── 114

무모한 사람 ──── 116

칠월 ──── 117

돛을 내리다 ──── 118

추상화 ──── 120

이사 ──── 122

빗소리를 담는 버릇이 있다 ──── 124

밟아라 삼천리 ──── 126

누구나 슬픈 저녁 하나쯤 갖고 있겠죠 ──── 128

파랑주의보 ──── 129

해 설

이형권 바깥이 궁금한 사람의 안을 응시하는 네모난 창, 혹은 시
──── 130

제1부

물소리의 음계

 천천히 흐르는 단조 음계처럼 저녁이 깔린다 늙은 도토리 나무 두 그루가 삭막한 도시의 서정을 지킨다 초록색 이파리들이 빈 벤치에 마른 버짐으로 소리 없이 번진다 분수대에서 들려오는 물소리가 더 이상 들려오지 않는다고 깨닫는 순간 그녀가 잠을 거절한다 저녁 여섯 시임에 틀림없다 흐르는 물소리 속으로만 그녀가 존재해 왔다 태고를 건너왔을 때도 사랑을 버릴 때도 피의 벽을 타고 응어리지며 사랑은 어디론가 흘러갔다 많은 것을 버리고 그때마다 그녀가 살아왔다 버린다는 건 오를 수 없는 경사를 만드는 일일까 그것은 내리막길일까 빛에 닿아 보지 못한 채 고요 속으로 흘러가 버리는 것들 울음이 되지 못한 많은 것들이 귓바퀴에 모여든다 슬픈 음계를 만든다 높낮이만 다를 뿐 하루가 이틀의 안색이 흘러간다 돌아온 곳으로의 회기 귀를 대 보면 화장실 벽이나 부엌 아일랜드나 천장 높이의 커다란 유리 창문에서도 소음은 쉬지 않고 흐른다 정도를 이탈할 줄 모르는 것들 누군가의 손으로 떨어뜨린 태아처럼 응어리진 것들이 몸속을 돌아다닌다 태고의 시간을 찾아간다

네모난 창

문 앞에 네모난 상자가 배달되었다 텅 빈 상자 나는 문을 열고 들어가 네모난 상자를 뒤집어썼다 네모난 마음이 안정이 되지 않았다 그 상자는 불안하게 들썩거렸다 마치 뱀이 가득 든 상자처럼 내가 가만히 있어도 창밖의 풍경은 쉬지 않고 바뀌었다 어디가 끝인지도 모르는 사물과 사람들 틈에서 끝까지 펼쳐진 창의 내륙을 따라 마치 짐칸의 수화물처럼 나는 어딘가로 떠나고 있었다

유리같이 네모난 마음이 안정적이지 못해서 언젠가는 주인에게 닿겠지 윗니와 아랫니가 잘게 부딪쳐 허공이 미세하게 떨렸다 옥수수 옥수수 옥수수밭이 풀려나고 옥수수 옥수수 옥수수 끝도 없는 옥수수밭 그때 수평으로 길게 네모난 틈으로 암말의 대퇴부같이 부드러운 산의 능선이 보였고 누군가 나를 쳐다보고 있었다 달리는 차창 밖으로 한 계집아이가 그녀의 앙증맞은 작은 손을 끄집어내어 나를 향해 흔들었다 손뼉을 치며 뭐라고 외치고 있었다 새삼 내가 중요한 것들을 두고 왔다는 것을 깨달았다 누군가를 기쁘게 해줄 언어와 노래는 내가 살아 있다는 유일한 증거

눈이 왔다 붉은 벽돌집에 붉은색이 보이지 않게 함박눈이

많이도 내렸다 네모난 창에는 크리스마스트리의 알록달록 불빛이 깜빡였다 추위에 떠돌던 나의 어깨를 잡아 주는 손길, 주인의 따스한 체온이 느껴졌다 나는 더 이상 밀려가는 낯선 풍경 속에 밀려가지 않았다 나의 옆에는 눈이 크고 눈썹이 안정적으로 두터운 나의 반려가 있었고 그녀의 긴 목덜미가 내 귀를 자꾸 간지럽혔다

  먼 데서 삼나무 숲 삼나무들이 눈을 터는 소리가 들려 왔다

텍스스는 카우보이를 남기고 나는 무늬를 남기고

어느 날 나는 커다란 못에 걸려 있는 나를 보았다 그러곤 깜짝 놀랐다 나의 모습이 온데간데없었던 것이다 얼굴과 팔다리가 보이지 않았다 팔을 아무리 뻗어 봐도 허공이 닿지 않았으며 거울 속 나는 벌거벗은 한 조각의 도톰한 평야였다 수치스러운 마음에 온몸이 떨렸다 그런 나의 몸을 지나가던 사람들이 아무렇지도 않게 만지고 가는 것이었다 무늬가 아름답네요 세계지도를 한눈에 보는 것 같아요 늦가을 식탁 밑에 깔면 발에 닿는 감촉이 따스할 것 같아요 마치 내가 세계를 다 정복한 느낌이 들겠죠?

어두컴컴한 방 내가 알던 푸른 들판이 보이지 않았다 잔잔한 산의 봉우리도, 굴뚝에서 나오는 연기와 밥 짓는 냄새 호숫가 근처 허공에 날리던 무궁무진한 오리털도 보이지 않았다 모두 어디를 갔을까 나를 몰던 친구 릴리의 밝게 짖는 목소리도 들리지 않았다 나의 평범한 일상은 어디로 갔을까

창밖 가로수에 헐벗은 나무들 늙은 카우보이 하나가 긴 골목 사이로 나타났다 안장에 앉은 그가 모자를 벗어 관중들에게 답례 인사를 하자 그의 대머리 위로 눈발이 날렸다 경매시장으로 가는 소들의 우렁찬 행진이 이어지고 있었다 곧 이 땅의 무법자들의 총소리가 도시를 덮을 거라는 소문이 자자했다 총소리가 들려왔지만 소들은 더욱 우렁차게 행

진을 했다 눈발이 제법 굵어져서 도시의 풍경들을 하나씩
지워 나갔다

초록색 캐비닛

캐비닛 속의 서랍을 열었다 바람이 일었다 가끔 오른쪽으로 피가 돌았다 고개를 돌렸다 거기 누구니, 옛날 살던 집에서는 물었을 것이다 네, 순순히 답하였을 것이다 가끔 있는 일이므로 서랍 밖으로 모래가 우수수 튀어나왔다 이번에도 건너오지 말아요 내가 갈게 편백나무 타는 냄새가 났다 편백 편백 편백 주문을 외운다

우리는 달리는 해치백 포드 차 안에 있었고 그보다 더 안온할 순 없었다 보드라운 카슈미르산 양털이 나의 두 어깨를 감싸는 느낌이어서 인도 어느 강가 깊은 잠에 빠져들 것 같았다 버드나무 그늘 아래 한 마리 말이 보였다 새파란 안장이 보였다 매끄러운 긴 갈기를 쓰다듬었다 문득 달리고 싶다고 생각했는데 나는 달려가는 사람, 더 이상 차 안이 아니었다 나의 얼굴이 붉어지는 것을 감지할 수 있었고 나를 태우고 가는 사람의 얼굴이 궁금해졌다 얼핏 나의 얼굴이 궁금해졌다 내가 아는 나인지 내가 알고 있던 나인지 백만 번쯤 죽은 나인지 이번에도 건너오지 말아요 내가 갈게

혹, 한차례 모래 폭풍을 지나왔다 신부처럼 나의 얼굴이 베일에 가려졌으며 나는 당황했다 내가 꼭 잡은 어떤 이의 얇은 옷깃, 어디론가 나를 데려가는 이의 등에 불분명한 사물의 연속 축배의 붉은 와인 한 잔 카를라 브루니가 부르는

〈봄의 왈츠〉 이번에도 건너오지 말아요 내가 갈게 엉뚱한 말들이 춤을 추듯 나와 함께 뛰고 있었다 시속 백 마일쯤은 되었고 나의 맥박도 덩달아 가파르게 뛰었다 아주 멈추지 못할 것 같은 불안감이 짙은 안개 속을 급습했다

검은 숲
—호퍼, 〈주유소 1940〉

책을 열면 한적한 시골길이 나왔다. 나는 호젓한 그 길을 혼자 걷는 것을 좋아했다. 주유소 깃발이 공중에 나부끼고, 나부끼는 깃발에는 하늘을 날듯이 날개 달린 붉은 말 한 마리, 페가수스. 새벽녘 왼쪽으로 난 숲길을 걷다 보면 마주치게 되는 한 남자. 밤색 조끼에 기름때 묻은 손을 닦으며 그가 손을 높이 흔들어 내게 아는 체하는 것이었다. "헤이" "어떻게 지내요?" "커피 한잔 어때요?" 그는 자신을 1940년의 달력에서 걸어 나온 사람이라고 소개했다. 종업원이며 사장인 그가 주유 펌프와 그 주위를 혼신의 힘으로 닦고 있었다. 그는 천사로부터 받은 날개를 잃은 지 오래되었지만 성실한 사람이었다. 매미처럼 기계에 딱 달라붙어 기계를 열심히 닦던 나머지 자신이 기계가 돼도 불평 한 마디 않을 위인 같았다. 오늘도 언제나처럼 주유소 기계들이 내 눈을 끌었다. 그것은 마치 붉은 우주복을 입은 우주인들이 어딘가 먼 길을 떠나기 위해 정비하는 모습 같았다. 기괴하면서도 낯설고 낯설면서도 자꾸 빠져들어갈 것 같은, 나는 미래도 아니고 현재도 아닌 이 불확실한 시간 속에 늘 휩싸이곤 했다. 누구든 무엇이든 숨어들기 적합한 숲. 숨어들어도 표시 하나 나지 않는 숲. 그때마다 바람이 불어와 나무들이 한쪽으로 기울었다가 천천히 허리를 펴는 숲. 백 년의 응축된 세월이 이곳에 숨어들었다고 한다. 별수 없는 자영업자의 한숨; 수십 년을 대기업에 자신을 몽땅 털어 넣었던 어느 샐러리맨의 분노와 눈물도 이곳에 흘러들었다고 한다. 절망과 회환이 많을수록 검은 숲은 더 검게 변했다. 주유소에 딸린 빈집에는 정제되지 않은 날것의 빛이 한정된 작은 공간을 한껏 팽창시켰으며 방을 가득 채우고도 남은 빛은 길 밖으로 터져 나왔다. 숲을 둘러싼 신비스럽고 황홀하기까지 한 그의 이야기는 끝이 없었다. 한번은 블라우스를 이탈한 여자의 젖가슴 이야기며 그 젖가슴이 동네 사람들과 교류한 이야기를 마치 자신이 시인 테이트인 양 양쪽 볼이 사과처럼 붉게 물들고 있는 모습. 그는 젖가슴의 황홀경*에 몰입하고 있었다. 나는 브라에 둘러싸여 있는 나의 왜소한 젖가슴을 만져 보았다. 나의 젖가슴이 블라우스 밖으로 이탈할 일은 전혀 없어 보였다. 나는 책을 덮었다. 시간에는 국경이 없었다. 흰 책상 옆 바다로 누운 흰 모랫길이 눈에 들어왔다. 그들은 환상의 무리처럼 내 주위를 에워쌌다. 조금 전 그와 함께 마시던 푸른색 커피 잔과 같은 무늬의 커피 잔이 내 책상 위에 놓여 있었다. 손으로 만져 보았다. 아직 온기가 남아 있었다. 나는 누구에게도 이 사실을 발설하지 않았다.

* 제임스 테이트, 『흰 당나귀들의 도시로 돌아가다』.

그것 보세요, 당신의 발자국이 사라지고 있군요

퍼즐 조각처럼 그들은 사방으로 흩어졌다

이 시는 그와 그녀와 그들과 우리와 저들이

도로와 다리 떡갈나무 허공 광장 등이 밀폐된 공간을 빠져나오면서 시작이 된다

도로는 누워 있었고 떡갈나무는 뿌리째 비스듬히 노을에 걸려 있었다

키가 큰 신사가 키 큰 모자를 써서 더욱 키가 커진 신사가 마차에 올라갔다 내려갔다 여러 번 반복하는 사이 그 주변으로 광장이 펼쳐진다 하루 종일 네가 광장에 서 있었다

신사가 모자를 벗은 후 이마의 땀방울을 훔치더니 모자를 다시 눌러쓴다 광장에는 흔한 새들조차 없다

붉은 장미를 파는 소년이 지나가고 태양 아래 꽃들이 시들어 가지만 소년은 반복적으로 지나가기만 한다 너는 흩날리지 않으려고 숨을 깊이 들이마신다

(조심하세요 특히 손가락이나 발가락, 나부끼는 치맛단과 동공의 방향 등 관객들은 작은 움직임에 민감합니다 우리는 산 듯이 죽은 듯해야 하고 죽은 듯이 살아서 저들을 깜짝 놀래켜야 합니다)

>
가장 멋진 일부분이 되기 위해 쉽게 부서지지 않기 위해

틀어 올린 머리를 금색 헤어스프레이로 떡칠을 해 댄다 미세한 발걸음이 노출되지 않으려고 노력할 때 풀밭이 없이도 그늘엔 식사가 펼쳐지고

햄버거를 한쪽 손으로 입 안에 구겨 넣으며 그는 다시 신사의 자리로 돌아가고 보라색 마차에 오르고 원을 굴린다 굴러가는 원을 따라서 말이 굴러간다

너는 하루 종일 만돌린을 켜는 거리의 악사를 내려다본다

18세기 무희의 포즈로 세상에 온 너는 비상하는 한 마리의 새처럼 양팔을 허공 높이 치켜올린다 시간이 갈수록 졸아드는 팔의 길이를 허공이 채운다

팔뚝까지 내려온 여러 겹의 팔찌가 노을에 현저히 반짝거리고

네가 곧 다가올 리얼한 밤에 깊숙이 잠입한다

네가 금발의 머리를 벗어 옆으로 내려놓자

떡갈나무와 떡갈나무를 둘러싼 담벼락이 차례대로 사라진다

도로와 도로에 남은 사람들의 발자국 소리도 사라진다 노을과 노을이 붙어 떨어지지 않는다

새집이 날아간다

첫새벽이 밝아 오면 너는 거리를 걷는다. 춥고 솟구치는 마음이 따라온다. 상점들이 아직 깨어나지 않았는지 거리를 걷다 보면 은행 건물이 솟구친다.

솟구치는 건물의 지붕을 뚫고 새들이 자유로이 날아다닌다. 어떤 상점의 문 앞에는 유리창 대신 넓은 널빤지가 박혀 있고 어디선가 망치 두드리는 소리가 나서 뒤돌아보면 아무도 없다. 헌 집 위에 새집을 짓기엔 자재값이 너무 올랐고 집을 사기엔 살 만한 사람들이 집을 다 사 버렸다.

사지 못할 형편의 사람들이 백 년이 넘은 코트를 걸치고 빌딩 옆 오크나무 거리를 배회한다. 하늘엔 떼로 몰려다니는 새들 길거리엔 머리에 새집을 지은 사람들이 불어나기 시작했다. 우듬지에 새집을 지은 새들이 헐벗은 오크나무에 날아와 숨을 고른다.

무거워진 자신의 머리를 한쪽으로 기울이며 사람들이 급식소 창 앞으로 몰려온다. 스트로베리케이크는 이게 마지막이에요! 파빌리온에서 대량으로 보내온 집채만 한 케이크의 셀로판지를 조심스럽게 벗기며 네가 말한다.

>

솟구치는 거리를 지나면 솟구치는 거리가 나오고, 솟구치지 않은 건널목이 나오고 선로가 두 개 나란히 지상의 끝을 향해 누워 있다.

머리에 새집을 지은 채 목에 스카프를 맨 사람들이 가끔 기차를 탄다. 기차는 다운타운을 지나 혹한의 스발바르 겨울 하늘을 직행으로 난다.

환절기

물류 창고처럼 너는 무엇이든 어디로든 떠나기를 재촉한다
어디로든 표류하고 말 것이다
몇몇 사람들이 벤치에 앉아 핸드폰에 목이 휘어지도록 온
생을 걸지만
이것은 잠시
타인의 고뇌에는 아랑곳하지 않는다

그들이 쏟아 내는 웃음소리와 말소리
눈발처럼 날리다가 햇살에 닿자마자 공중에서 쉽게 부서
지고 만다
출렁이는 자신들을 쏟아 버리려고 사람들은 어딘가로 빠
른 걸음으로 떠나고

겨울과 봄 사이
스쳐 가는 사람들 사이로 내가 앉아 있다
병원 빌딩의 유리창을 바라보며

창을 경계로 창밖의 일들과 안쪽의 일들이 나눠지고
창 안쪽으로 형광 불빛에 스며들지 못하는 일부 굴절된 사
람들이

입구와 출구 사이에서 방황을 하는 것을 본다

나를 저만치 떠나보낸 네가 아주 떠나지 못하는 어정쩡한
채로 나를 바라본다
안쪽의 일들에 흡수되지 못한 네가 나를 바라본다
일사불란하게 내리쬐는 태양의 광선들을 손으로 치우며
내가 이마를 찡그린다
평생 한 지점에 서 있지 못하는 부유하는 너를 거둬들인다

선택

• 미국 역사상 유례없는 집단 소송이 벌어졌다. 소송을 제기한 사람은 소설『필경사 바틀비』를 읽은 독자들이었다. 사회 다양한 계층 간에서 얼마간에 소요가 있었던 직후의 일이다. 이 글은 작중 인물인 바틀비를 죽게 한 장본인인 피고인 저자, 허먼 멜빌을 배경으로 하고 있다.

판사: 피고인 멜빌 씨는 앞으로 나오시오. 당신은 이미 죽었으니 죽은 당신을 처벌하는 일은 없을 것입니다. 다만 소송당한 당신이 변론의 과정을 피하기는 힘들 것입니다. 이에 동의하나요?

멜빌: (머뭇머뭇하다가) 네.

판사: 2022년 10월 29일 오전 8:30
당신의 죄목은 당신이 창조한 인물, 죄 없고 성실한 바틀비를 죽음으로 몰고 간 유력한 용의자로서 사회에 물의를 일으킨 장본인이기 때문입니다. 수정된 새 헌법 C조 12항에 의하면 책 속의 등장인물들, 특히 주인공들은 작가에게서 독립이 되어 하나의 인격체로서 스스로 생과 사를 결정할 권리가 주어졌습니다. 이 경우 바틀비 씨는 영원히

죽지 않을 권리를 택했습니다. 백 년의 시간이 지나고 나서 야 그는 이제 하지 않을 권리에서 할 권리를 찾았습니다. 분 노한 당신의 독자들이 백 년이 지난 후 집단 소송을 해 왔어 요. 이에 동의하나요?

멜빌(저자이면서 화자): 판사님, 나는 작가로서 맹세합니다 만, 그를 적극적으로 구제를 하려고 부단한 노력을 했⋯⋯.

판사: (말을 막으면서) 네와 아니요, 짧고 명료한 답만 하시오.

멜빌: ⋯⋯네(참을 수 없다는 듯 그의 붉은 얼굴이 더 붉 어지면서 분노의 감정을 쉽게 감추지 못한다).

장내에는 배심원들과 독자들 정재계를 포함 많은 구경꾼 들 변호사 단체 등 술렁거림으로 몇 분간의 휴식이 주어진 후 변론이 다시 시작되었다.

판사: 짧게 사건의 경위를 말해 보시오.

>

멜빌: 판사님, 저는 억울합니다. 사건이랄 것도 없습니다. 저는 뉴욕 월 스트리트 근처에서 변호사 사무실을 개업하고 있었습니다. 백여 년 전이라 그때는 모든 서류를 펜으로 눌러써야 했습니다. 업무량이 넘쳐서 구인 광고를 보고 찾아온 사람이 이 바틀비라는 청년이었습니다. 나는 참 자비로운 사람, 참하게 생긴 이 청년을 고용했지요. 그의 임무는 필경사, 서류를 복사하는 일이었는데, 그는 서류를 "굶주린 듯이" 며칠 분의 일을 몇 시간 만에 다 해치우는 거였어요. 나는 그의 불가사의한 능력에 저으기 놀랐어요. 그를 채용한 탁월한 나의 선택에 만족하고 있었구요. 그의 사생활에 대해서는 모릅니다. 함구하였기 때문에 나 또한 신경 쓰지 않아도 되었구요. 그런데 얼마 안 가서 벽을 멀거니 바라보거나 창가에 기대서서 지는 해를 바라보는 일 따위나 하지 도무지 내가 요구하는 일에는 전혀 관심을 보이지 않았어요. 나중엔 그의 임무인 필경사 일까지 집어치운 듯이 보였어요. 그는 자신의 세계에 매몰되어 있는 듯 자비로운 나의 팔과 다리가 되어 줄 거라고 생각한 것은 나의 큰 착오였습니다. 판사님 , 나는 그런데 너무 억울합니다.

한번은 사무실 앞 우체국에 나 대신 잠깐 다녀올 것을 부탁했지만, 그는 겸손하게도 언제나 겸손하게도 하지만 단호하게 한마디 말로 거절했습니다. 안 하는 편을 택하겠다고요. 안 하는 편을 택하다니요, 세상에. (잦은 기침 소리) 그에게서 받은 스트레스로 나의 정수리의 머리카락이 한 움큼 빠질 정도였어요.

또 한번은 이런 일이 있었어요. 너무 바빠서 그의 기분을 살펴보지도 않은 채 부탁한 죄가 죄라면, 그를 쳐다보지도 않은 채 팔을 뻗어 뭐라고 지시를 했을 뿐인데 안 하는 편을 택하겠답니다. 안 하는 편을요. 그 이후론 필경사의 임무조차 잊어버린 듯 그는 깔끔한 얼굴에 깔끔한 양복만 걸쳤지 사물이었어요. 의자에 단단히 들러붙은 껌처럼 사물이었다구요. 그의 몸은 사무실에 앉아 있을 뿐 세상 밖으로 걸어 나오지 않으려 했어요.

마침내 나는 그에게 최대한의 자비를 베풀어 그가 스스로 사직할 권리를 주었습니다. 그랬더니 세상에 맙소사 그가 나한테 뭐라고 했는 줄 아십니까? 사직을 하지 않는 편을 택하겠다고 했어요! 나는 이제 그에게 두려움을 지니게까지 돼…….

판사: 잠깐, 주어진 십 분의 시간이 지났습니다. 다음은 소송을 제기한 독자들 중 K, N, C 씨의 증언을 차례대로

들도록 하겠습니다.

　독자 K : 나는 이 책을 읽으면서 바틀비 씨에 대한 매력에 빠졌습니다. 이 부분은 저자인 멜빌 씨에게 감사하고 있어요. 하지만 유감스럽게도 이 책이 우리 사회에 돌을 던졌다고 생각합니다. 위험하게도 극단적으로 우리를 양분화시키고 있습니다. 고용주와 종업원, 흑과 백, 가진 자와 갖지 못한 자 멜빌 씨야 잃을 것이 없겠지요. 그의 책이 불티나게 잘 팔릴 테니까요. 그는 도의적인 책임을 지고 모든 것에서 물러났어야 합니다. 죽음을 택한 그를 나는 인정하지 않는 편을 택하겠습니다.

　독자 N: 변호사를 나는 믿지 않습니다. 그는 저서에서 스스로를 교묘하게 변호하고 있다니까요. 바틀비 씨는 성실한 사람이었어요. 일의 능률도 남다르고 자기에게 주어진 일만을 성실히 한다고 하지 않았습니까. 그런 착한 일꾼을 아무런 정당한 이유 없이 변호사의 손과 발이 되어 주지 않는다고 해고하는 일은 있을 수가 없습니다. 또한 바틀비 씨를 사물과 같다고 말씀하셨는데, 무엇이 그를 그처럼 사물과 같이 만들었을까요?

>

독자 C: 멜빌 씨는 고의적으로 그의 사생활에 대해 모른
다고 자신을 변론하고 있지만, 사실은 그렇지 않습니다. 그
를 사회가 제거하게끔 만든 장본이기에 나는 내 의지로 참
을 수 없는 편을 택했습니다. 예를 들어 바틀비 씨는 애처
롭게도 죽은 사람들의 편지를 처리하는 사람이었다고 쥐꼬
리만 하게 그것도 결말 부분에 나와 있습니다. 그 과정에서
그가 겪었을 고독은 상상해 보지 않았나요? 그는 극한의 고
독에 잠식돼 버린 겁니다. 그를 한 인간으로 대우해 주었다
면, 변호사님은 많은 이익을 챙기지 못했겠지요. 하지만 질
식해 가고 있는 한 사람을 구할 수는 있었습니다. 그런 사람
을 당신은 생매장당하도록 내버려 둔 겁니다.

판사: 증인석의 바틀비 씨는 앞으로 나와 주세요. 우리
앞에 살아 돌아온 그의 증언을 듣는 편을 나는 선택하기로
했습니다.

(순간 장내는 술렁거렸다. 피고인석의 멜빌은 오른쪽 손
으로 자신의 입을 틀어막았다. 참혹하게 그의 얼굴이 일그
러지고 있었다.)

>

소설 속 주인공이 생존할 권리를 택해서 독자들 앞에 선 바틀비. 예전 창백하던 그의 모습은 온데간데없었다. 그는 몰라보게 살이 붙어 있었고 여유가 있어 보였다. 멜빌이 갑자기 심장 발작을 일으키는 바람에 그는 병원으로 실려 가고 독자 C의 증언을 끝으로 그날의 재판은 무기한 연기되었다

침입자

엄마
맨드라미
여름
마당
초저녁
두 가지 그림과 세 가지 번호를 눌렀다
오르골 자장가 소리가 들려왔다
풀벌레 귀뚜라미
별들이 내려와 눕는 소리
파란빛을 머금은 유리문이 천천히 열렸다
아무도 없는 텅 빈 마당에 들어서게 되었다

엄마?
부엌에서 엄마 대신 낯선 누군가의 음성이 들려왔다. 그녀의 얼굴은 온통 낙서하듯 검정 숯으로 칠해져 있어서 누구인지 분간을 할 수 없었다

너는 어려서 모르지만 지금 우리는 피난을 가고 있어. 삼일째 가고 있단다. 더 이상 물러설 남쪽이 없을 때까지 남쪽으로 가는 거야. 아주머니는 누구세요? 그러나 나는 전쟁을 겪지 않았어요. 나는 전쟁 후에 태어났는데 어떻게 내

가 이곳에 있을 수 있어요? 바로 그때 흙먼지 바람을 일으키며 장갑차들과 군복을 입은 사람들이 우리 곁을 지나갔다.

1950

그러고 보니 그날 너는 방 번호를 잘못 눌렀던 것이다. 겪지 않아야 할 시대에 일단의 침입자인 셈이었다.

저기 다리가 보이지? 한강이 보이지? 저게 바로 한강다리*란다. 누구든 믿으면 안 된다. 믿는 사람은 바보가 돼 버려. 그게 한 나라의 대통령이라도, 신 말고는 누구라도 믿으면 안 된단다. 그런데 그건 우리 엄마가 평소에 하시던 말씀 같은데 엄마 흉내를 내는 당신은 누구세요? 나의 엄마는 어디 있어요? 나는 엄마를 만나러 왔는데 엄마 행세를 하지 말고 내 엄마를 찾아 주세요.

나는 너의 엄마랑 아주 가까운 사이란다. 엄마와 늘 한 뼘 떨어져 걷는 사이지. 네 엄마는 조금 더 걸어가면 만날 수 있단다. 흙길이 끝나는 곳에 숲이 보이지? 저 대나무 숲의 그늘을 다 지나가면 만날 수 있단다.

그녀를 꼭꼭 싸맨 포대기의 등에선 아기 곰 인형과 맨드라미가 자라고 있었고

>

어제 너는 샌프란시스코 전철역에 앉아 있었다. 어떤 남자가 네게로 다가올 때까지 대뜸 "너희 나라로 돌아가라"고 소리 지를 때까지. 그의 손엔 야구방망이 같은 것이 들려 있었는데 그는 분명코 너를 전철 아래로 밀어 넣을 태세였다. 너는 이 어둠의 침입자로부터 필사적으로 도망쳐 나와야 했다. 네 앞에 놓였던 수많은 지하 계단을 기억하니? 누군가 너를 업고 뛰었던 걸 기억하니?

얼마를 더 걸어야 엄마를 만날 수 있을까, 나의 몸은 젖은 솜이불처럼 무겁고 발가락은 맨드라미의 환영처럼 부풀어 올랐다.

---

* 6월 25일 탱크로 밀고 내려오는 북한군에 비해 남한의 군대들은 조악하기 짝이 없었으며, 시시각각 가까워 오는 북한군의 서울 점령을 지연하기 위해서 남한군이 서울의 한강다리를 폭파하기로 결정했다. 서울의 한강다리는 1950년 6월 28일 새벽 2시 반에 폭파가 되었다. 이때 서울 시민들에게는 폭파한다는 한 마디의 경고가 없었으며, 다리를 건너고 있던 5백에서 천여 명의 피난민들이 아까운 목숨을 잃었다.

지금 나는 관 밖에 앉아 있습니다

검은 옷을 입은 사람들이 줄을 맞춰 걸어갑니다

목사님 뒤에 사모님 사모님 뒤에 장로님 집사님 유족들과 평신도들이 길을 걸어갑니다

오른쪽 손엔 성경책 대신 붉은 장미 한 송이씩 들려 있습니다

장미 향을 따라 노랑나비가 따라옵니다 말벌 꿀벌 일벌 호랑나비 흰나비 떼들이 팔랑거리며 따라옵니다

날개 무늬에는 꿀 내음이 가득하고

한 사람이 신고 온 삶의 두께만큼 구덩이는 깊숙하고 넓게 파여 있습니다 구덩이 가까이에는 관 하나가 놓여 있습니다 관 속에는 자는 듯이 사람이 누워 있습니다 누웠다가 다시 깨어나지 않아도 누구 하나 걱정 끼칠 일 없는 사람입니다

오래전에 연습 삼아 그 자리에 누웠다가 일어난 사람입니다. 풀밭에서 가족들이 깔깔 웃으며 오지 않을 죽음을 잠깐씩 생각하며 샌드위치를 꺼내 먹던 자리입니다

어젯밤 누웠다가 다시 일어나지 못한 내가 지금 관 속에 누워 있습니다 아니 나는 관 속에 없습니다

관 밖에 앉아 말이 점점 줄어듭니다

사람들이 접이식 의자에 앉습니다 채 앉기도 전 무너지듯 등뼈들이 먼저 쿵, 접히는 소리가 나고 나를 본 흰나비 떼가 힐끔힐끔 내 곁을 날아갑니다 나도 가벼워져서 어디를 자꾸 날아갑니다

허공이 떼로 몰려와 들릴 듯 말 듯 하늘까지 들리지 않을 목사님의 기도가 아멘으로 끝을 맺습니다

유족들에겐 평화와 위로가 땅에는 저물녘이 되도록 장미 향기가 멀리까지 내리깔립니다

흙에 누워 슬며시 누워 잠이 듭니다 사랑해요 당신을, 어떤 청춘의 절실한 구애가 하늘 높이 백일몽처럼 떠 있습니다

꿀 향 가득한 바닷바람이 훅 한차례 불어옵니다

새

코카틸이 구석진 방 속에 산다
새집으로 이사 가면 새를 길러야지 아침이면 베란다에 볕
이 잘 드는 집에서
나는 없고 새가 있는 곳

전생처럼 내 주위를 맴도는 새들
부엌에 환풍기 돌아가는 소음 사이로 새가 우짖는다
시원한 그늘이 흘러내린다 순간 나는 창밖을 내다보고
창밖엔 황량한 사막의 풍경, 조슈아 나무 수십 그루와 거
침없는 태양의 군락
그 아래 바람의 소용돌이

매시간 새가 운다
새는 방 안에서 운다 자정에 우는 부엉이가 정오에도 운다
새벽 한 시에 울던 딱따구리가 낮 한 시에도 운다
각자 제 시간의 프레임 속에 묶여서
팬데믹 중에도 새는 날아야 하고 나는 날아갈 궁리만 한다

새를 길렀던 기억 속으로 새가 날아다닌다
새만 날아다니는 방 아무도 없는 방

코카틸 코카틸 한 마리의 새가 높은 전깃줄에 앉아 있어요
뾰족한 모서리를 떨쳐 낼 수 없어요
다섯 살의 방에 갇힌 새 한 마리
아직도 새는 살아 있고
새는 죽지도 않아서 매시간 나를 깨운다

디어 윈터

1.
여기 그 소녀가 있다
문 앞에 꼼짝도 않고 서 있는 눈사람처럼

눈발이 속삭이듯 날릴 때 정적은 타들어 간다
근데 이게 얼마 만이니
너는 자꾸 야위어 간다
깜빡이던 야윈 불씨 하나마저 꺼지려고 한다
난간에는 고드름이 흘러내리고
나의 등에선 냉기가 흘러내리는데
자꾸 안으로 움츠리게 돼
수십 년을
너는 흔들리는 활자 사이로만 피어올랐지
처음 활짝 피어오를 때의 일을 너는 알기나 할까
육교와 육교 다리를 지나 계단을 몇 걸음 걸어가면 금강
제화가 보였지 아무 연관이 없는 사람들이 연관이 있는 듯
바삐 옷깃을 스치고 지나갔어 난간을 잡고 걸어가는 단발
의 소녀 하나를, 안 내보내 주면 여기서 뛰어내릴 거예요
    .
    .

불씨를 뒤적인다
너를 살리는 일은 뒤적이는 일이니?
창밖 속삭이듯 눈발이 날리고
정적은 타들어 간다
너의 눈물은 볼을 타고 흘러내리지 않는다
뺨에서 얼어붙는다

2. 나를 왜 버렸나요?
나는 당신의 수많은 죽은 날들
이루려고 했지만 이루어지지 못한 계획들 무수한 날의 적들
밤마다 당신은 신처럼 잠들고 나는
당신이 걷던 길을 안개 숲의 유령처럼 헤매고 다녔지요
기억하나요?
나뿐 아니라 당신은 당신의 유년도 함께 버렸잖아요
그 후로 내게는 겨울만 계속되는 세월이 있었지요
   때마침 일이 있어 기차를 타고 당신 유년의 땅을 지나게
되었어요
   거의 몰라볼 뻔했어요
   얼어붙은 땅에 수많은 나무가 꿈틀거리고 있었죠
   잎 하나 없는 나무였지만 나는 아네

온 나무가 꽃망울을 숨기고 있다는 것을
나는 다음 역에서 급히 내려야 했지만
눈보라에 휩쓸려 그 역은 사라져 버렸지요

3. 한 소녀가 지나갔다
그 뒤를 따라가는 눈사람의 발자국만 남아 있다

4. 간혹 기침 소리
방문이 후다닥 열리는 소리
갑자기 부엌이 뒤집어진다
나를 닮은 듯한 , 나보다 젊은 여인의 손놀림이 경쾌해
보이는데
어어 당신, 누구세요? 여긴 내 집인데 지금 남의 집에서
뭐 하는 거요?
이 세팅 장소는…… 그리고 지금이 몇 날 며칠이죠? 여기
가 어디죠? 엘에이인가요 아아님…… 서울인가요?
바닥이 덜컹이며 조금 흔들리는 듯하더니 기적 같은 소
음이 멀어져 간다
    .
    .

그동안 3막이 흘렀어요 아직도 모르시겠어요?

당신은 4막을 열연할 권리가 있습니다 우리한테 뭐라 묻지 마시고요

뭐라고요?

지금…… 무어라……

안개꽃이 있는 정물화

안방에서 나와 거실을 지납니다
오른편엔 주방 왼편에는 식탁이 있어요 언제나 그랬지요
주방과 식탁 사이 의자는 없습니다
그 사이를 나는 언제나 지나갑니다

언제나가 지워진 이 밤에 언제부턴가 긴 흐느낌처럼 당신
이 지나갑니다

검고 둥근 덩어리, 당신은 갑각류의 단단한 등을 가졌
나 봐요
밟을 것 같은, 밟히고야 말 것 같은
지나가는 내 등을 향해 적당량의 공기가 이산화탄소를 뱉
어 냅니다

자정 너머 붉은 카펫의 방을 나와요
건조기의 쿵쾅대는 소음을 지납니다
벽과 벽 사이를 지납니다 벽과 벽 사이엔 아무것도 없어요
반복되는 무미건조함과 딱딱한 소음만 구름처럼 떠 있을
뿐입니다

>

복도 오른편에 있는 창을 지나요

창은 언제나 있었고 나와 함께 있었고 쉬지 않고 있었고 다만 나는 창을 보지 않은 채로 지나고 보지 않아도 그 자리에 흥건히 고여 있는 아침 햇살을 기억해 냅니다

아침과 햇살 사이 나는 어디에 있나요 나는 어디를 향해 가고 있는 소품 같은 걸까요

바질, 로즈메리, 손끝에 다글다글 매달리는 다정다감한 색채와 향을 기억하나요

왼편에 주방과 오른편에 식탁을 향해 가는데

희미한 불빛 아래 흐드러지게 안개꽃이 피어났습니다

뭐 하나 잘 만들 줄 몰라서

나는 생각만 하지요 생각처럼 거룩한 것은 없어서 생각으로 무엇이든 만들어요

친애하는 형부가 병원 중환자 침대에 누워 사경이란 지경을 마냥 넓히고 있을 때 나는 두려움을 열심히 만들고 있었어요 그때 내가 만든 두려움의 크기는 지붕을 뚫고 날아간 하늘만큼 넓고 사람들과 상점들이 어디론가 모두 사라져 간 폐허의 끝을 보는, 나 또한 폐가가 되어 가고 있었지요

두려움이란 형체도 없는 몹쓸 놈을 마냥 키우고 있었어요 그의 죽음으로 언니의 분이 날로 허공을 찔렀는데 거리엔 공기보다 많은 양의 두려움이 질 나쁜 소문들처럼 팽팽히 떠 있었죠 붉은 맨드라미 누운 하늘에 당신이 방금 밟고 지나간 문지방 모서리에 고양이의 길고 긴 하얀 수염에

구름처럼 마구 부풀어 오르는 두려움들, 어느 순간 이 모든 것이 두려움의 바닥을 칠 수 있겠다고 생각을 하자마자 증폭하는 두려움들, 250스퀘어피트 작은 공간에 갇힌 한 마리의 새처럼 나는 매끄러운 나의 깃털이 푸스스하게 될 때까지 깃털의 결을 하나하나 훑고 있었지요

>

　나는 언제나 생각만 하고 있지요 로댕처럼 턱을 받치고
앉아서 무심하고 소심한 나의 생각이 밑도 끝도 없는 감정
의 커다란 돌을 뚫을 때까지 그 커다란 돌이 언덕 아래로 힘
차게 구를 때까지 뭐 하나 잘 만들 줄 모르는 나는 그저 무에
서 유를 창조할 뿐, 뭐 하나 잘 만들 줄 모르는 나는

제2부

동쪽 마을에서

피논힐의 작은 산동네 마을은 언제나 노을이 파다하다

노을의 지는 힘으로 저녁 밥솥의 밥이 부글부글 끓고

설익은 산등성을 기어오르는 개들이 코요테 무리들에 맞
설 근력을 키운다

무리를 본 기억은 없다

다만 열렬한 목소리들이 사력을 다해 하늘을 붉힐 뿐이다

어둠의 얼굴이 친숙해질 때까지 나는 카모마일 티를 기
울인다

어젯밤 산 그림자가 키우던 한 입의 작은 개 한 마리를
잃었다

사나운 불빛 뚝뚝 떨어진 마을의 모든 개들이

어둠에 달려들어 한목소리로 내일을 기약했다

잠시 흔들리는 식탁

　미술관을 찾다가 언덕 위 옛날 살던 집을 찾았죠 미술관, 그 말을 처음 들었을 때 가슴에 박히는 건 멋진 관이었어요 관, 하고 말하는 동안 말은 어금니에서 여운처럼 길어져, 나는 온종일이 가고 땅거미가 밀려들어도 모르겠다고 생각했어요 한 생이 다 가도 좋겠다고 생각했지요

　미로처럼 숲길이 펼쳐진 아름다운 미술관의 미술품들, 그들은 관에 담기기 위해 얼마나 많은 조바심과 오기를 버려야 했을까요 눈물과 땀방울을 흘려야 했을까요

　우리는 모두 관에 담기기 위한 형식. 하루의 끝엔 형식밖에 남지 않으니 어쩌겠어요 사람들이 모두 사라지고 난 뒤 잠시 흔들렸던 식탁에는 달가닥거리는 그릇 소리만 남으니 나인들 어쩌겠어요.

　나는 차 안에 앉아 길 건너 옛집을 바라봐요 수수깡같이 툭툭 부러지던 집에 오월이 오면 자카란다 보라색 꽃이 눈처럼 휘날리는 언덕길, 한때는 비탈진 시간을 돌리려고 그녀가 거꾸로 돌고 또 돌았지요 그러나 어쩌겠어요 돌아오면 늘 제자리인 그 길을 내가 어쩌겠어요

　집 앞에 등이 굽은 플라타너스 나무 두 그루가 손을 길게 뻗어요 등굣길에 나서는 아이들의 이마를 쓰다듬어요 점점이 휘어지는 스프링클러의 물 꼬리를 잡고 아침 햇살이 하

루를 물고 늘어져요

　이십 년을 이곳에 맡겨 두고 나는 어떤 아름다움을 바라
보았나요 목에서 올라오는 서늘한 서글픔 같은 것은 일단정
지, 차창 밖으로 내다 버리죠. 대신 화단에 피어 있는 히아
신스의 밝은 표정을 나는 흉내 내요. 히아신스의 꽃말은 옛
날 그리고 당신이라지요

지구는 여전히 둥글고 좁게 느껴지네

병을 흔들어 네 방울 왼쪽 귀에 넣네
귀의 대지에 한 방울 두 방울 약이 스며들자
동쪽 베란다 동백의 붉은 입술 선이 사뭇 도드라지네

모서리는 나의 태생
오른쪽 모서리 베개에 귀를 붙이고 침대에 모로 눕네
테이블에 쌓인 먼지를 바라보는구나

창문도 없는 방 달빛도 들지 못하는 방
어디서 와서 너는 눕고 춤추고 내 곁을 맴돌까
먼 길을 오느라 밤이 된 사람처럼
책이며 램프에 쌓인 먼지
먼지를 바라보다가 누워 있는 오 분을 세다가
불 꺼진 해안가 고둥처럼 잠이 밀려와 불을 켠 채 깜빡
잠이 들었네

봄밤에서 여름을 억지로 떼어 놓을 수 없는 것처럼
한낱 먼지를
먼지니까
너는 쌓여서 모든 걸 다스리네 병처럼

>

　그러니 지구는 여전히 둥글고 좁게 느껴지네

　나의 무화과나무야 너는 아직도 불이 켜지지 않네 나는
계속 추위에 떨고 신발의 매듭은 풀려 있지

　지구본 속 내가 착지할 광활한 점 하나는 어디에 있을까
찾을 수 없네

별이 자꾸자꾸 떨어져요

나는 왜 자꾸만 물건을 떨어뜨리죠?
내 손끝엔 미끄럼틀이 달렸나요?
유리컵도 떨어뜨리고 칼도 떨어뜨리고
고양이 춤을 흉내 내다가 책상 위 화분도 떨어뜨리죠

산산조각 난 연애부터 긴 머리카락이 기억하는
봄눈 본능,
겨울 벽에 부딪치던 앙상한 나무 그림자와
그 옆으로 소리 죽여 지나가던 발자국들
이 모든 석연치 않음들을
청소기로 다 빨아들이죠

저녁 식사를 떨어뜨린 화분의 시간에 대해 우린 각자
제 방으로 돌아가 생각해 보기도 하죠
하지만 오래된 습관 하나 정도는 떨어뜨려도 무방하지
않겠어요?

미련한 사랑이 먹통으로 떨어질 수 있다는 것, 몰랐어요
미세한 파편 하나가 심장에 튀어서 제 심장이 까만 피
를 흘렸죠

가끔 손을 가슴에 얹고 그 자리가 어디였나 가늠해 보아요

이제 나는 슬픔이 소유한 나를 떨어뜨리고 싶어져요
우울이 소유한 나를 떨어뜨리고 싶어져요
시도 때도 없이 불안이 소유하는 나를 장바닥에 패대기치
고 싶어져요
상투적인 관습에 얽매인 나를요 바닥에 패대기치고 싶어요

불안의 무렵
—2월

살구꽃 피고 우리는 서로
분명한 액체로 흘러내려요
어두운 나이의 아내를
고뇌라고 말하자
많은 문장들이 한쪽으로 사라집니다
당신의 모호한 경향이 모처럼 당신을 망치는군요
높은데, 아주 높지는 않은
뛰어내리면 공포를 느낄 만한 높이에서 내가 태어난 까
닭입니다

암 투병하다 살아난 사람과 함께 티브이를 보면
암 투병으로 끝장나는 민망한 드라마가 꼭 있어요
자꾸만 물속에 처넣는 살의처럼

장작을 넣을까
전기 히터를 켤까 하다가
한 눈금의 경제 사이에서 골몰하다가
결국 장작도 들이고 히터도 들이는
따뜻한 낮과 섞이지 못하는
얼어붙은 밤이 낯설게 다가옵니다

>
내려가야지
생각이 앞서거니 뒤서거니 생각이 먼저 산을 끌고 내려
가는 동안
땅바닥에 나비 한 마리 졸린 듯
붉은 점박이 검은 나비가 나른한 햇볕을 들이고
생각을 접은 나른한 나의 날개를 그 위에 포개 둡니다

꿈

내겐 내가 보지 못하는 소년이 있어요. 이 소년을 형이라고 불러도 될까요 내가 태어나기 두어 달 전 이미 죽은 형이에요 가족 어느 누구도 그에 대해서 입을 함부로 여는 사람이 없었어요 그런 그가 어느 날 내 꿈에 불쑥 나타났어요

나를 내려다보고 있는 여럿의 눈을 보았어요 슬픔으로 가득 찬 그들은 사랑하는 가족들이었어요 동그랗게 눈을 부릅떴는데도 그들은 소리치며 내게 눈을 떠 보라고 재촉했어요 안쓰러운 그들의 등을 토닥여 주고 싶었지만 힘이 다 빠져 버린 내 팔이 말을 듣지 않았어요 그래서 나는 조금 슬픈 마음이 들었어요

방 한가운데 마룻바닥에는 오랜만에 가족들이 한자리에 모여 있었어요 그중엔 오래전에 사망하신 부모님도 있었어요 평상시의 복장 그대로, 평상을 떠나온 지 오래된 나는 그즈음 살얼음을 걷고 있는 중이었죠 너무 반가워 울음이 쏟아지려는데 웬 잠이 그렇게 쏟아지는지 나의 옆을 한 소년이 지키고 있었어요 아이들이 그를 아버지라 부르며 울고 있었어요

이건 말도 안 되는 정황이야, 내 뺨을 꼬집어 보았지요 근데 꿈은 아니었어요 내 뺨이 아픈 것을 느낄 수 있었으니까요 그럼 내가 안 죽었군요 오래전 사망하신 엄마와 아버

지를 만나다니 그럼 내가 이미 죽은 걸까요 마음이 하도 어
수선해서 견딜 수가 없었어요 소년이 문제가 아니었어요 아
이들이 그를 아버지라 부르는 것도 문제가 아니었어요 이게
꿈인지 아닌지가 중요했어요

모놀로그
—M 병동

쫓기는 사람처럼 그녀가 말을 이어 갔다

배터리가 얼마 남지 않은 기계 같았다 말하다가 도중에 꺼질 것이다

내 이름은 로젠, 여기서 나가면 다시 셸터로 갈 거야 내 고향은 홈리스 홈이 있지만 홈이 없지 엄마가 있지만 엄마가 없지 너는 어디서 왔니 나는 불타는 숲에서 왔지 나는 원래 나무였어 자작나무, 성냥으로 손목을 그었거든 내가 얼마나 잘 타나 보려고 근데 내 옆 침대에 누워 있던 사내가 갑자기 소릴 지르며 뛰쳐나가네 불타는 침대가 매우 선정적이었어 내 이름은 시인 사람들이 날 그렇게 부르지 시를 써 본 적은 없지만 네네네네 무엇이든 시인을 잘해 네네네네 멋진 한 끼 식사가 나오지 네네네네 이름도 모르는 사내들 내게 키스를 퍼붓지

배터리가 완전히 나간 사람처럼 그녀가 말이 없다

어둠을 뒤집어쓴 그녀의 몸이 축 늘어졌다 바닥을 향해 흘러내리는 그녀의 삶처럼

침대와 바닥 사이 어중간하게 걸쳐 있는 그녀의 손가락을 나는 침대 위에 올려놓는다

창가에 거미 한 마리 허공에 집을 지었다 풀었다 지었다

풀었다 거미는 방충망 너머로 사라지고

　그녀가 손을 뻗는다 길고 뾰족한 손가락

　면벽을 하듯 이제 그녀가 하는 일이란 손가락을 건너가
는 일이었다

　엄지와 검지 엄지와 중지 엄지와 약지 엄지와 소지

　두 개의 손가락이 만날 때마다 뾰족한 하늘이 갇힌다

　나는 정수기에서 물 한 잔 따라 마신다

　손가락으로 그녀가 지나간 날짜들을 세고 있다

　손가락이 그녀의 몸속으로 사라진다 지문들도 함께 사
라지고 있다

목련꽃 질 무렵

인천 큰외삼촌은 문간방 툇마루에 걸터앉아 창호지 문을
주먹으로 탕탕 두들겼다
어린 나이에도 술 냄새가 싫어 어스름을 밟으며 집 밖을
맴돌곤 했는데
말 못 하는 마른 북어처럼 엄마는 묵묵히 먼 산을 바라볼
뿐이었다
두들겨도 털어도 죽어도 없는 돈은 나올 생각을 않고
아래채로 내려가는 엄마의 긴 옥양목 치맛단에 환멸의 먼
지가 풀썩였다
과자 봉지 든 손으로 나의 머리를 쓰다듬어 주던 막내 고모
할머니, 그 손에는 자글자글 햇살 같은 주름살이 모여 살았다
겨우내 조용하던 할아버지가 문지방 위에 젖은 꽃잎처럼
엎질러졌다
내가 약을 먹었노라 죽으려고 약 먹었노라
호랑이 담배 피우는 시절이 있었다고, 우리는 쉽게 말하고
방 문턱이 반질반질 닳도록 여럿의 젊은 새어머니들이 들
어오고 나갔다

LP판

지익 지익 같은 곳만 되풀이 건너뛰는
네가 알츠하이머라면
어젯밤 고래주를 마시던 너와
낮잠 잔 후 선량한 오늘의 나는 동일인임이 분명해

접혀 들어간 옛,
기억의 미세한 바늘이 금이 간 곳
골짜기 사이 벌어진 틈이 너무 황량해

아무리 닿으려고 손을 뻗어 올려 봐도
등허리 사각지대에 우리는
만날 수 없는 꽃 한 송이씩을 기른다
눈멀고 귀가 먼,
무수한 너와 무수한 내가 촘촘히 어긋난

어디였더라
우리는 미숙하고 처연하고 진지해서
산 위 구름이 걸터앉아 못 내려오던
어느 춘분쯤

고용

　사람들은 캘리포니아에 올 때 〈호텔 캘리포니아〉의 환상을 보려 하지 101 태평양 해안 도로 주변의 서핑 걸이나 주마비치의 누드 걸을 환상하지 환상적인 것은 그대로 환상이 되는 법 너무 많은 것을 얻으려 하지 천사나 날개나 이런 것들은 다만 외설 그딴 것은 화성에나 있지 방언하는 자에게서나 들을 수 있지

　죽었다 깨어날 수 있지 10층 빌딩 옥상으로 올라가지 않고도 샌프란시스코 금문교에서 뛰어내리려는 노력을 않고도 매직마운틴*에 가면 당장에 죽었다 깨어날 수 있네
　깨달을 것도 많아 교회도 많다네 연례행사처럼 산불이 있지만 별것 아니네 불이 나면 이웃집 수영장으로 뛰어들거나 뛰어들 수영장이 없으면 멀리서 구경만 하면 되네 짜릿하다네

　지진과 산불만 피할 수 있으면 엘에이는 천사의 도시 당신은 이제 진짜 천사를 만날 수 있다네
　비도 속시원히 오지 않지 눈 내리지 않지 개울이나 대지나 하늘이나 눈물은 진작부터 메말랐지
　거리에는 나같이 좋은 사람 천지지 고속도로 밑에 공원에

잔디밭에 나날이 넘쳐나는 홈리스 텐트족

　새벽 당신의 침대가 좌우로나 상하로 움직이면 그냥 당신
의 몸을 우직한 침대의 율동에 맡기네
　좌우로 흔들리고 위아래로 함께 흔들리다 보면 나머지는
불안 초조 강박이 다 알아서 할 걸세 언제 닥칠지 모르는 빅
원을 위하여 당신은 불안 초조 강박을 고용해야 하네 고용
은 당신의 것, 당신은 이미 고용되었네

* 매직마운틴: 놀이공원.

나는 프랭클린*을 사랑해

꼬깃하게 벽 속에 모셔 놨던 돈에서는 벽장 냄새가 난다
빵을 굽다가 나온 손님들의 돈에서는 달콤한 빵 냄새가 난다
돈을 세며 나는 달콤해지기도 하고 마냥 부풀어 오르기도
한다

돈을 센다 무릎을 꿇고 돈을 세다 보면
드라큘라와 그의 어두운 나라가 손끝에 만져진다
무릎 앞에서 돈은 벌써 나긋해지고

팬데믹이 끝난 것 같아요?
거울에 난 얼룩을 열심히 지우며 그가 무심히 말을 건넨다
패서디나 오크나무 우거진 거리를 누비던 활기찬 오후가
거울에 쏟아진다

글쎄요, 위대한 업적처럼 위협적인 일도 드물겠지요 하지
만 그래서 링컨을 더 경애하지만, 더부룩한 머리의 미스터 잭
슨을 더 좋아해요 머리숱이 없어도 나는 프랭클린을 사랑해
요 그는
나를 진실로 자유롭게 하니까요 마음 놓고 소비하게 만드
니까요

빌이라는 아주 고약한 건물주가 있었지요

가게를 나가는 그의 뒤에 대고 우리 세입자들은 그를 "이 불짜리 지폐"라고 놀려 댔어요

그가 가게 모퉁이를 빙 돌아 나간 후에도 그의 겨드랑이 역겨운 냄새가 좀처럼 떠나질 않았어요

드라큘라 가계 막강한 후손인 그가 돈 냄새에 쫄딱 망해 봤으면 좋겠어요 들려요?

나는 악을 쓰듯 떼를 쓰듯 말했다 그 사이로 한 줌의 허공 이 공허하게 흘러갔다

* 프랭클린: 백 불짜리 지폐.

언제까지 우유만 따르고 있을 것인가
—쉼보르스카의 「베르메르」에 부쳐

이제 그만 항아리를 내려놓아도 되지 않겠니 아침을 준비
하는 그녀의 두 뺨은 빛나고

머리에 두른 흰 수건과 블루 색 낡은 에이프런을 내려놓
고 그녀는 세상 밖으로 걸어 나와야 한다

하루도 거르지 않고 매일 우유를 따르는 성실한 이여

지금 뉴델리*에 가서

하루 수백 수천의 시신이 불타고 있는 화형식장 같은 거
리를 활보해 보지 않고는 섣불리 종말에 관해 이야기하면
안 된다

불타고 있는 시체들 옆에서 사람들은 갓 구워진 빵을 먹
고 깜빡깜빡 잠이 들고 강물에 몸을 던져 종교의식을 행하
고 저녁이 오면 한 줌의 쌀을 씻고 밤이 되면 시집을 안고
잠이 들지 잠든 동안에도 누군가는 불에 태워지지 강의 수
심은 더 깊어만 가고

차례를 기다리다 못해 몸싸움을 벌이고 있는 좀비 같은
이들의 모습을 볼지라도 함부로 화를 내서는 안 된다

번번이 그녀 어깨의 곡선은 맹목적으로 아름답지만, 고
전적인 그리움 속으로 나를 데려가지만

하루도 거르지 않고 우유를 따르는 이여 내일 당장 땔감
이 떨어진다 해도 우유를 따르고 있을 이여

항아리를 두 손으로 받쳐 든 손목에 함량을 알 수 없는 무
거운 그늘이 자꾸 바닥으로 늘어진다

* 뉴델리: 인도의 수도.

정당한 노래

내가 낙하한 곳은 젖은 풀밭, 제초기로 방금 자른 풀처럼 강렬한 풀 향기가 펼쳐져 있었어요 안개인지 구름인지 하루의 조짐이 썩 좋지 않았지만 나는 둘러싸여 있는 것을 좋아하니까 흙더미 이슬 바람 축축한 이런 것들 새벽녘이 틀림없었어요 정당한 이유도 없이 사람들은 나를 보면 피했어요 나는 슬퍼할 겨를조차 갖지 못했지요 정당한 이유도 없이

헉! 거대한 범선처럼 생긴 신발 하나가 갑자기 내 앞을 가로막았어요 나는 신발의 그늘로 나의 몸을 재빨리 숨겼지요 신발이 끌고 다니는 발자국만 따라다녔지요 발자국만 따라다니면 발자국에 들킬 염려는 없으니까요 신발이 풀어놓은 길을 따라 나는 탐정이 된 기분이었어요 생명에 위협을 느낄 때는 견고한 모자 속으로 피하면 되었어요.

며칠이 지났는지 기억에 없지만 발자국이 멈춘 곳에는 많은 비석들이 새겨져 있었어요 오래전에 멈춘 듯한 손목 없는 손목시계와 머리 없는 철 모자가 녹슬어 있었어요 분침과 초침의 팔과 다리가 부러져 땅바닥에 뒹굴고 있었고요

해의 정수리를 향해 허리를 둥글게 말던 발자국은 무릎을 꿇고 대지 위에 술을 뿌리더니 나를 삼킬 듯한 무서운 얼굴이 되었어요 정당한 이유도 없이 나의 작은 몸이 더 작게

졸아들었어요 그날 밤 나는 보았지요 수많은 풍등이 하늘을 오
르고 있는 것을, 분명 아름다운 밤이었어요

전래 동화
─다른 나라 편

다른 나라에 가선 부디 다르게 살라고

다른 문화가 되라고 해서

다른 나라 말을 화단에 있는 꽃처럼 물을 주고 가꾸어 키웠

지요.

다른 나라에는 이미 다른 나라로부터 온 다른 나라 사람들이

땀 흘려 논과 밭을 일구며 오손도손 평화롭게 살고 있었습

니다.

어느 날 다른 나라 사람들이 그에게 다가와 말을 걸었습니다.

─도깨비야 도깨비야 말이나 해 주렴, 너는 어디서 왔니

그러곤 뽀얀 양털 묻은 발을 그에게 보여 주었습니다.

세월이 흘러

다른 나라 말을 가슴에 깊이 새기던 그에게도

고슴도치 어여쁜 아이가 생기고

그 아이가 분꽃처럼 순식간에 번져

왕성한 고슴도치 나라를 이루었습니다.

자주적인 꽃들이 울타리 아래위로 넘쳐 났습니다.

다른 나라 말만 믿던 고슴도치들에게

유난히 차이가 나는 것은 그들의 겉모습,

남들이 갖고 있지 않은 비밀스러운 가시 옷이었습니다.

뒤뜰에서 물을 뿌리면

왕관처럼 빛이 나는 아름다운 옷이었는데

그즈음 어린 고슴도치에게 작은 고민이 하나 생겼습니다.

다른 나라 사람들의 어린이들이 매일 못살게 굴며 찾아와 물었기 때문입니다.

—도깨비야 도깨비야 말이나 해 주렴 너는 어느 나라에서 왔니,

태어나서 다른 나라 문화만 알고 다른 나라 말만 알던 고슴도치는

환한 웃음으로 그들에게 먼저 다가갔습니다.

하나하나 정성껏 악수를 하고 따뜻하게 끌어안아 포용해 주었습니다.

그날 밤 집으로 돌아간 다른 나라 사람들의 어린이들은 하나같이

참았던 비명을 지르며 펑펑 울었다고 나중에야 알았습니다.

얼굴이며 손이며 온몸에 달라붙은 가시를 하나하나 빼내며

마음과 몸을 크게 찔린 다른 나라 사람들의 어린이는 지금도 조용히 늙어 가고 있습니다.

그로부터 다른 나라에 사는 사람들은 누구나

다른 나라라는 말을 지금도 금하고 있다고 전해 내려오고 있습니다.

새러소타[*]

순식간이었다
남자의 백칠십 파운드 무게를 허공이 덥석 껴안은 것은

그때 오 차선 속으로 부서지던 파란만장한 오후의 광선들
새러소타 해변엔 수십 척의 흰 돛배들이 떠 있었고
차창 밖으로 에메랄드 바다가 부드럽게 출렁였다

앞서가던 차들이 점차 속도를 줄이고 있었다
아직 숨이 멈추지 않아 페달이 돌아가는
오토바이 한 대가 저 혼자 공중을 날던 짜릿한 기분에 붙
잡혀 있고

오토바이의 기분에 상관없이 오십 피트나 떨어진 곳에
서 발견된 것은
지느러미처럼 미끄러지던 한 남자의 생애
저세상 끝까지 함께 가고자 굳게 마음먹은 것처럼
헬멧이 악착같이 그의 머리를 놔 주지 않았다 한다

빙빙 주위 하늘을 날던 플라밍고의 두 발엔
허공의 순한 머리가 붙들려 있었고

78

한번 몸을 부르르 떨던 고속도로의 차들이 슬금슬금 다시 속도를 내기 시작했다

* 새러소타: 플로리다.

어느 목조건물
—1943년 만주

벚꽃 재스민 국화 해바라기 동백
방마다 꽃들의 문패가 걸려 있다
그 앞에
줄지어 서는 군화들

참나무의 아득하고 긴 복도의 내면을
열여섯 살 소녀가 혼자 걷고 있다
계단을 올라가는데
벽이 자꾸 소녀를 밀어낸다
삐걱이는 소리

제3부

어머니의 은행 잔고

어머니가 노인회 장례 보험을 들으셨다
회원 한 사람의 부고가 있을 때마다 20불
부의는 단돈 20불만큼의 고통
이달엔 죽은 사람이 셋이나 되네!
60불
죽음은 곧 돈
십시일반의 슬픔

죽음이 쌓여 갈수록
어머니의 은행 잔고는
죽음 값이 빠져나간 만큼 가벼워지고
그렇게 붓기를 십 년
이십 년이 넘어 삼십 년 못 되는 어느 날

단 한 번에 두툼해질 은행 잔고 사이로
째지게 기쁜 어머니
훨훨 하늘의 품으로 날아가시다

눈

당신은 창밖을 내다보고 있군요
한 번도 눈 구경을 해 보지 않은 사람처럼

밤새 쌓인 창밖의 눈이 방 안 가득 그 눈부심을 들여와 손
에 잡히는 대로 〈아베마리아〉를 틀었다가 고음으로 방치되
어 확장되는 부분에서는 나도 모르게 팽창이 되어서 내가 먼
저 끊어졌다가

커피가 식도록 식은 줄도 모르고
창문에 달라붙은 얼음 조각들이 물방울이 되도록
안간힘은 늘 우리 가까이에 머무르고 있군요

지붕에서 한 뭉치의 눈이 폴짝 마른 깃털처럼 뛰어내립니다
하나의 시어가 떠오르지 않아 시집 몇 권을 털었다가
무엇에 갇힌 사람처럼 방구석을 뱅뱅 돕니다
새해에는 시 안 쓰는 사람이 되기 위해 복 받은 사람이 되
려고
올해 남은 며칠 열심히 써야 하므로

눈 속에서도 붉은 열매를 매단 산수유나무처럼

아무도 가지 않은 길을 내딛을 첫 눈사람이 되기 위해
다정한 점심을 어서 끝내고 길이 빙판이 되기 전에 어서어서
휘어진 골목의 눈 위를 뽀드득뽀드득
그런데 당신은 그해 겨울처럼 멍하니 창밖을 내다보고 있
군요

선글라스

　두 눈이 쑥 들어간 노모는 사진을 찍을 때마다 실내에서도 선글라스를 쓰고 찍는 경향입니다

　심술이 잔뜩 나서 딸년은 목젖이 부어오른 목소리로

　오늘따라 웃어 보란 말도 해 주지 않습니다 셔터를 팡팡 눌러 대는 경향입니다 장님 같다는 말은 입 속으로 꿀꺽 삼킵니다

　평생을 엎질러진 실핏줄처럼 그녀의 두 눈에 아른거리던 딸년이 오늘따라 마땅해 보이지가 않고

　막다른 길을 어서 넘어가고 싶은 애꿎은 오후가 베란다를 뒤집습니다

　속마음을 들킨 하얀 면내의가 뒤집히다 말고 쨍강, 태양의 민낯을 구릅니다

귀뚜라미와 아이와 질긴 울음과

귀뚜라미는 고장 난 기계처럼 울음을 멈추지 않고

붉은 털실로 짠 아이는 엄마가 돌아올 때까지
한 뭉치의 털실이 될 때까지 질기디질긴 울음을 멈추지 않고

울음 가까이에 앉아 아이는
어른이 되어서도 아이는
뿌리를 내리는 버드나무 밑동을 살피다가 지붕 밑으로 깔
리는 어둠을 살피다가
어둠이 되어

어느 것 하나 지칠 줄 모르고 지치는 줄 모르고
여름도 미치는 줄 모르고 미쳐 가는
아주 잠깐 동안의 시간에서 빠져나와 아이는
늙어 가는 아이는

시간 속으로 들어오지도 나가지도 못하고
고장 난 나는
귀뚜라미도 되지 못하고 사람도 되지 못한 채
어제와 오늘을 구분하지 못한 채 뜨거운 울음을 멈추지 못
하고

바깥이 궁금한 사람에게

쏟아지는 어두운 생각들을 잠급니다

어둠의 조각들이 근처 나뭇가지에 잎들에 매달렸어요 나무가 어두워져요

문장이 되지 못한 생각의 비문들이 바람에 팔랑거려요

팔랑이는 잎들의 귀는 밖으로 열려 있어서 가도 가도 만나지 않을 빗소리만 들립니다

평행선 길을 사이에 둔 목침처럼 나는

그 위에 팔랑 누워 봐요 철길의 마음이 되어 봐요

오늘도 생각의 바깥에 앉아 어둠이 유리컵처럼 깨지는 걸 지켜봤습니다

나는 모처럼 안에 있는 사람 안사람 안 사람

나는 안쪽으로 찌그러진 상자일까요 만약 내가 사람이라면,

입 안의 풍선껌처럼 부풀어 올라 주저앉을 일만 기다리는,

내가 바지라면 안과 밖이 있을 텐데

나의 앞에는 콘크리트 같은 어둠

아주 가끔이지만 바깥을 나가면 마음이 조급해져요 플래시 같이 터지는 빛 때문에 눈을 찡그리게 돼요 빛의 조리개 속에 드러나는 바깥은

제라늄의 붉은 상처 플라타너스의 여름 폭풍이 할퀴고 간 폐허, 빌딩을 세우고 있는 것은 언제 갈라질 줄 모르는 금 간

허물

　닫힌 문의 코앞에서 코를 박고 있을 어둠, 쿵쿵거리다가
차차 모서리가 닳아 없어질,

　문 앞에 나의 깨진 유리컵을 내놓습니다

썰물

서랍장이며 거울이며 세간살이가 모두 빠져나간 빈방에
는 귀가 자라는 당나귀가 산다

경적을 울리며 도로를 질주하던 차들이 일요일 아침엔 어
디로 모두 사라지는 것일까

책이며 액자며 사람마저 한때 휩싸인 몰두, 살구나무는
일 년 내내 몰두하여 이른 봄 살구꽃을 피우는 것일까

통통 공 소리를 내며 크는 이웃집 아이들이 수시로 담장
넘어온 공을 찾으러 문을 두드린다

과일나무처럼 키만 웃자란 그 아이들이 더 이상 나의 대
문을 두드리지 않을 때

어디에도 안주하지 못하는 당나귀의 귀는 자신의 발자국
소리를 들으며 자란다

몸을 늘려 가는 그림자가 늦은 오후를 덮고 자신을 덮고
큰길을 지나 가로수 밑동까지 덮는다

우리는 습관성

단 세 번 하루에
밥상 앞에 모입니다
모여서 우리는 부부입니다
우리는 하루 세 번 흩어집니다
각자의 견해를 위해서
매일매일 집어 드는 조간신문처럼 찢어지는 경제면과 사회면
서로의 신념은 막강하니까요
같은 말을 반복하고 반복해도 고쳐지지 않는
오른편 왼편 닳는 뒷굽의 자세
서로의 안위를 묵음으로 터득하고
대추나무 아래서 가지를 흔듭니다 가을에
다람쥐와 새들이 먹고 남은 반쯤은 우리 차례, 진실로 우리
란 말이 가능해집니다
우르르 쏟아지는 대추알들을 보며 대추알처럼 붉어지는 서
로의 얼굴을 보며
쾌활해집니다 가을에
흩어졌다가 모이면 아침입니다
흔적도 없이 눈물이 사라집니다
습관성 계절 하나가 지나갑니다

뜯어내다

에르모시요, 두고 온 네 고향의 가슴팍을 팍팍 누르던 프레스를 뜯어낸다
참았던 숨통이 확 트이는 듯
치익, 화씨 200도를 웃도는 열기가 묻어 나온다
그러나 정작 핫 스팀에 묻어 나오는 것은 까티, 고향에 두고 온 어린 딸
보송보송한 얼굴을 프레싱 패드 속에 애써 묻는다 십오 년을 하루처럼 만나게 될 시간을

보일러를 뜯어내자 새벽 5시 가게에 나와 가스 불을 붙이던 뭉툭한 선잠들이 뜯겨 나온다
보일러와 프레스 기계와 기계 사이를 연결한 허공의 날 선 모서리들을 조심조심 떼어 낸다
가열된 시간을 연결해 주던 T자 연결 고리마저 뜯어내다 보면
이십 년 동안 세탁소의 천장과 벽을 꽉 움켜쥐었던 잿빛 먼지들이 웅성웅성 떨어진다

뜯어낸 것들 위로
안간힘으로 버티다 결국 뜯긴 것들 모두 위로

드르륵드르륵 재봉틀 돌아가는 소리마저 뜯다 보면
이 모든 것이 잘려 나가기 전처럼 평화롭게

컨베이어 벨트에 매달려 선명하게 돌아가는 저 환한 식사
타코 타말레스 부리토 생일 케이크 한 접시 펼쳐진 밥상
오전 열 시를 가리키기 위해 시곗바늘이 더 분주히 움직
이고
제라늄 붉은 꽃들이 간들간들 유리창 안쪽을 들여다본다
뜯어낸 시간과 기억들이 모여 양지바른 햇살 옆에 새로
운 상점 하나를 차린다

오렌지 향기가 진동하는 봄밤의 살인 사건

잠에서 깨니 목이 말랐다 항상 목이 말랐다 목이 마르면 내
가 깨어 있는 것이다
목이 마른 채로 침대에 그대로 누워 있었다
아침 햇살이 나른한가 내가 더 나른한가
마룻바닥에 오렌지 껍질도 누워 있다

숯검정 발이 무지 많은 사막의 벌레
곧 나이트 스탠드의 불을 켰다
코로나 바이러스가 도처에 창궐하는 밤
무언가 형태를 모르는, 확인되지 않은 것이 내게서 날아
올랐다
다시 불을 끄고 잠자리에 들어 벌레처럼 몸을 돌돌 말았다
어둠 속 몸에 들러붙어 좀처럼 떼어 낼 수 없는 잠복한 것
들이
탁탁 나의 얼굴과 손등을 치며 날아오르는

닥치는 대로 맨손으로 베개로 핸드폰으로 후려쳤다
핸드폰에서 나오는 집요한 빛 한 줄기와 날아다니는 생명
체 하나가 한 뭉치로 원을 그리며 날고 있었다
아주 나쁜 꿈속에 와 있는 듯 죄 없는 허공을 냅다 후려쳤다

바닥에 주저앉은 주검을 보고 그제야 확인 사살을 하듯
오렌지 껍질로 눌러 재차 죽음을 확인했다
　봄이 뜨거운가 내가 더 뜨거운가
　그리고 다시 잠을 청했다

재스민이 어지럼증으로 피어

어지러움을 어려움으로 알아듣고 그녀가 예쁜 가방을 보
내왔다

지퍼를 열자 내재해 있던 미안함과 고마움이 쏟아져 나왔다

내일이 무슨 날인지 말하지 않았다

내일이 생일인 것을 알까 모를까, 알아도 그만 안 알아도
그만, 그만그만한 일상이

일생이 되도록 나는 나이를 먹을 만큼 먹었고 이제 생일은
나만의 축제, 5일은 내 생일 8일은

엄마의 기일, 엄마의 기일에 묻혀 버린 내 생일이 구름 속
을 날아요 알록달록 열기구처럼

하늘을 날아요 책상에 엎어진 일상이 자질구레 쏟아져 있
어요 그 옆으로

잿빛 천으로 푹 뒤집어쓴 형태 없는 것들이

>

눈을 옆으로만 돌리면 핑그르르 재스민꽃들이 수없이 피어나요

꽃들이 쏟아져서 좌회전할 수가 없어요 우회전을 할 수가 없어요

세 시간이면 닿을 거리 일곱 시간이 넘어서 축 늘어진 밤에 도착하겠어요

왼쪽 오른쪽 밤길을 따라온 달빛 꽃들이 오른쪽으로 왼쪽으로 죄다 기울어 버렸습니다

자주 기다리는 사람

쇼윈도에는 크리스마스 장식물들
여름용 흰 드레스를 그녀가 샀다

기다린다
여름이 빨리 오기를
기다리는 것이 그녀의 직업

드디어 여름이 왔을 때
빛이 들지 않는 옷장 속에서
그녀와 그녀의 여름이 풀려나길 고대하던 그녀의 드레스가

그녀가 벌써 까맣게 잊어버리고
잊어버린 것조차 새까맣게 잊어버리고
밀짚으로 짠 모자를 쓰고 밀짚으로 짠 가방을 메고
밀짚과 파도를 닮은 자신의 눈동자를 오래 바라보는 한 남
자를 낯설게 쳐다볼 것이다

초록빛 피코트를 계산대에 올려놓을 것이다 빨간 부츠와
함께
올여름 더위는 왜 이리 길까, 이마의 땀방울을 손으로 훔

치며
　헐거운 부츠 속 발가락은 더 이상 길어지지 않았다
　갑자기 쏟아지는 소나기로 근처 식당에선 의자에 조용히
접혀 있던 사람들이
　찬란히 일어서며 의자들이 무너질 때
　핸드폰을 허공에 활짝 편 사람들이
　물방울들이 얼마나 힘이 센지 어떻게 곤두박질치는지

　상점을 밀고 들어서는 한 남자가 우산을 접으며 비비새처
럼 우산의 물방울을 비비 터는 동안
　푸르고 투명한 손가락으로 그녀가 무엇을 할 수 있을까
　이번 크리스마스트리는 어떤 높이의 것이 알맞을까

　올해를 장식할 빛나던 것들을 유추해 볼 것이다 아직 도
착하지 않은 겨울을
　좀 더 쉽게 기다릴 것이다 무겁지 않은 겨울을

밀접 접촉자
—Covid 19

어제의 나는 사회복지사 A를 만나고

오늘의 A는 그의 누나 B를 만나고

그의 누나 B가 헤어진 옛 애인 C를 만났다는데, 별 볼일 없던 C, 별 볼일 있어진 C가

집에 돌아오는 길에 불알친구 D를 불러내 저녁은 대충대충 딱 한 잔의 술이 두 잔이 되고 열 잔이 되도록 혀가 꼬부라지도록 헤어졌다는데

그다음 날 살집이 웬만한 D가 손이 유난히 희고 가늘던 고교 동창 F를 만나고, 기다리고 기다리던 그 원수 같은 토요일, F가 초대한 40세 생일 축하 자리에 G H I J K L M N O P Q……

Z까지 대략 이십여 명

나는 A밖에 모르는데

A는 B밖에 모르는데

진짜 내 얼굴을 본 적이 없는 나와 내가 한 번도 본 적이 없는 Z 사이엔 동선이란 단호하고도 분명한 길이 트인다 안면을 트듯이

하나의 안면과 또 하나의 안면을 건너다 보면 건널 수 없는 건널목에 다다른다

아담과 나 사이에 죄라는 까마득한 동선을 건너다 보면
건널 수 없는 십자가가 보이듯
드드득 드드득 돌아가는 오래된 저 세탁기가 언젠가는
뚝, 울음을 멈출 거라는 믿음

일상의 무늬
—CCTV

1:01 AM #2 벤자민나무에서 잎사귀 하나 떨어진다

2:11 AM #1 뿔 사슴 한 마리 두리번두리번 주위를 살
핀다 장미의 모가지들을 똑딱 동네 불량배
처럼 해치운다 흠칫, 뒤를 들킨 어둠이 돌
아본다

3:25 AM #2 나방 한 마리 사선을 그으며 멀어져 간다

5:21 AM #3 뒤뜰 군자란의 커다란 입이 맹목적으로 벌
어진다

5:57 AM #2 추리닝을 입은 주인집 아저씨가 텃밭으로
다가가 뒤로 세 발짝 앞으로 세 발짝 슬로
모션으로 빠른 동작으로 뒷짐을 졌다가 뒷
짐을 풀었다가 춤 선생에게 교습받는 학생
처럼 정직하게

6:15 AM #2 주인집 아저씨가 한 손에는 커피 잔을 다른
한 손에는 보이지 않는 희망을 들고 부겐빌
레아 그늘을 돌아서 간다

6:46 AM #4 블루제이 한 마리 빨간 모이통에서 모이를
꺼내려다 자꾸 발이 미끄러진다 사기로 만
든 모이통은 역시 사기꾼, 카메라는 통통
한 새의 가슴과 불끈 솟은 배의 털을 확대

경으로 찬찬히 들여다본다 푸다닥 푸른 꽁지
의 안간힘이 조였다가 풀어지고 조였다가 풀
어지고
9:38 AM #4 잠자리채같이 기다란 막대를 들고 젊은 수
영장 청소 부부가 태양의 실마리를 풀 것처
럼 물 주위를 휘휘 맴돈다 갑자기 말벌 한 마
리 쏜살같이 물속으로 뛰어든다 짧은 원을 그
리며 돌 때 아무도 눈치채지 못한다 파닥파
닥 수면이 잠시 되돌릴 수 없는 맴을 돈다는
것을

11:59 AM #4 잔잔하던 수영장 물이 요동을 치며 경악한다
(가까운 아트 센터에선 무대의 샹들리에가 한
차례 왼편으로 다른 한차례 오른편으로 출렁
이다가 아이들의 비명 소리에 곧 잠잠해진다)

—오늘의 속보: 강도 7.1 지진, 엘에이에서 두 시간 반 거리
먼 산이 출렁, 거린다

세상에 나만 살아 있다는 소름들 소문들

급기야 우리가 대화를 하기 시작했어요
나는 나의 언어로 그는 그가 갖은 충분한 언어로
그를 부를 땐 헬메르, 나를 뭐라고 부르는지 귀를 모아
보지만
나는 그에게 무언지

아마 그는 나를 노라, 하고 불렀을 것입니다
아, 그러면 우리는 연인 사이인지 그보다 더한 사이인지

날것의 언어로 듣고 느낍니다
우리는 느낌으로 충분합니다 춤 하나로 통합니다
몸살로 오랜만에 무거워진 방문을 열고 밖에 나서자 이
골목 저 골목에서 갑자기
튀어나와 나를 놀래킵니다 그러면 갑자기 다 늦게 시장기
를 느끼고 끼니를 때우죠 이런 것들

생생하고 유쾌한 날것들
안 사고는 못 배길 마켓 진열대에 파릇파릇 실란트로 오
이 토마토들
이런 것들을 위해 살고 싶어졌어요

제4부

왜 당신은 당신밖에 섞일 수 없는 거야? 라고 그가 말했다

주먹을 꼭 쥐어 봐요

가위를 당신에게 내줄게요

내게 당신은 바위 치기

당신 앞에 서면 나는 자꾸 흘러내립니다

나는 당신들 속에 섞이지 않습니다 내 안에서도

잘 섞이지 못합니다

나의 안과 밖이 분명해요 그러나

나를 둘러싸고 있는 검은 벽은 너무 견고해요

깰 수가 없군요 당신

가위바위보

　그날 밤 당신은 개가 되어 나타났다 문장과 문장 사이 방
점을 찍어 가며, 운전하는 그의 뒷좌석에 앉아 나는, 어이
가 없어 하는 당신이 자꾸 뭐라고 말했다 그런데 말은 들리
지 않고 자꾸 개 짖는 소리가 났다

토스터에서 두 쪽의 빵이 구워 나오길 기다리는 시간

가슴 한쪽이 벌렁거리는 동안

한쪽의 심장으로 누군가를 사랑하고

시를 못 쓰는 죄책감으로 스스로를 연민하고

가게를 팔 생각을 하고

가게를 팔아야 하나 생각하고

계약서에 사인을 받아 오면 어쩌나 하는 찰나

철커덕 토스터에서 불안한 빵의 얼굴이 검게 타서 올라
오고

다시 식빵 두 개를 집어넣는다

불을 약하게 고치고 기다린다

세상에 종말이 올 때도 사과나무를 심는 사람은 꼭 있
는 법

종말이 미리 찾아온 것처럼

빵에 바를 버터와 잼을 미리 꺼내 놓는다

빵 굽는 냄새를 맡으며 다시 구워져 나올 빵의 미래를 생
각하며

몹쓸 빵처럼 버려진 과거를 떠올린다

토스터와 나 사이 찰나 사이

깜짝하면 아무 생각 없이 튀어 오르고 마는 사이

튀어 오르던

가열된 시간이 나를 한참을 설레게 하고 한참을 힘들게
하고
　가슴 한쪽은 여전히 벌렁이고

금속성의 문장들

아무도 모르겠지
바다를 바라보며 내가 때때로 쿠바산 시가를 즐겼다는 것을
어렴풋이 혁명적인 시를 썼다는 것을
갑판에 있는 저 타자기가 증명해 줄 것이다
지금은 사라져 버린 이 이야기를
나무 갑판 위 의지할 의자도 없이
출렁이며 내게로 밀려드는 물결들을 빤히 바라보고 있으
면 마치 내가
바다의 일부분이 된 것 같아
나는 어딘가를 홀연히 흘러가야만 하네
드넓은 공백으로 가득 찬 물길 위 시간이 달리네
가오리 메기 떼들과 한 몸이 되었지
멋지게 지느러미를 흔들어 대며 자유롭게 물결쳤네
멋진 세상, 꿈속에서도 모두가 나를 부러워했지
갓 잡은 노란 줄무늬 물고기를 손에 든 당신
거기서 무얼 하나요
바다와 하늘의 경계는 그날처럼 분명치 않아
저공을 습격하는 세 마리의 날개들을 고용해 흐린 하늘은
곧 비를 뿌리겠지
탁탁 금속성의 문장들이 제멋대로 허공을 튀기네

튀기다 말고 간혹 갑판으로 떨어지네 빗방울처럼

낡은 타자기 밑에 밀어 넣은 종이에 비가 들이치겠지 그
옆 담뱃갑에도

어쩌나 나는 이곳에서 꼼짝할 수 없는데, 나의 명시들이
비에 젖겠네 어쩌나

어떤 논의

P시만 생각하면 숨이 가팔라져요

멀리멀리 떠나온 것 같아요

일단 묘한 감정이 들썩여요

구름과 안개를 떼어 놓으려 수많은 세월을 허비했어요

사람이나 사물이나 이곳은 미스터리한 것들 뿐이지요

다행인 것은 내가 누구인지 알 수 없다는 것을 가르쳐 줘요

이웃집 개가 제집을 놔두고 우리 집에서 대부분의 시간
을 할애해요

동물이 집들의 경계를 부수다니

동물들도 위력을 거느린다는 것을 이곳에 와서 처음 깨
달았어요

처음엔 간식거리를 주다가 개밥도 주다가 차츰 닥쳐오는
겨울

개를 위해서 번듯한 집 한 채 지어 줘야 하는 것 아니냐고,
지어 주는 것에 대해 심각하게 논의가 계속되어

폭설이 지나고 싸락비도 지나고 이제 매화가 겨우 눈을
뜨기 시작하는데

남의 개인가 나의 개인가 우리들의 논의는 계속되는데

한 생명의 소유권을 말한다면 나는 누가 소유한 걸까요

한 생명의 소유권을 박탈한다면 나는 신인가요 그저 그런

인간 말종인가요
　나는 남들과 같은데 남들도 나와 별반 다를 게 없는데
　P 도시만 생각하면 숨이 멈춰 버릴 것 같아요

우리에게 외로움이 다녀간 줄 모르고

가게에서 오늘 하루 종일 스무 남짓 사람에게 전화번호를 물었다
마치 전화를 걸 것처럼

심지어 전화를 기다리기나 할 것처럼
그들은 모두가 상냥하게 대답해 주었다
모두가 외로움에 굶주린 사람처럼

어제 투 서 위드 러브의 시드니 포이티어가 죽었다
젊은 시드니 포이티어를 닮은 이를 오랜만에 만났다
제프 고든, 매력적인 이름
악명 높은 LAPD 경찰이던 그가 악명 높지 않은
퇴직을 아무 탈 없이 했다고 한다

앞 손님을 도와주는데 그를 보았다
휘어진 길을 뚫고 달려오는 메트로처럼 퇴직을 하기엔
그의 섬세한 구릿빛 피부
가벼운 포옹을 하고
그가 내게 손을 내밀었을 때
구김살 없는 하얀 손바닥

그 손바닥이 내게 물어 왔다
여태까지 시를 쓰냐고
멈칫

가까스로 시를 쓰고 있었니?
층층이 먼 하늘
시가 아니면 네게 무엇이 있었을까

그날 유리문 너머 그의 파란 어깨에 쏟아지던 광선의 줄기들
밖은 언제나 피아노 소리로 넘쳐나고
여우비가 넘실거리듯 쏟아지는 거리 속으로 그는 사라졌고

끊어지듯 이어지는 나의 시와 그의 어깨와
그가 놓고 간
고갱의 그림을 닮은 그의 초록빛 반팔 셔츠를
한나절 물끄러미 쳐다보고 있었다

무모한 사람

시가 나를 좋아하건 말건 그건 중요하지 않아요

좋아하는 시를 읽고 있으면 멀고 먼 내가 탁 풀려요 심성
이 착한 사람이 돼요

한 번도 마주친 적 없는 당신을 좋아하게 돼요 마치 목적지
도 없이 달리는 기차같이 당돌해져요

모모 하다구요 무모하다고요 모모는 섬세하고 무모는 나
의 전 생애이며 가족력이지요

당신의 거리를 읽는데 가야금과 양금의 구슬픈 가락에 현
의 숨통이 곧 끊어질 것 같아요

내 귀를 자꾸 파고드는 거예요

자작자작 성벽에 들이치는 궁궐의 비는 밤거리를 채찍질
하고 맹렬한 말발굽 소리가 밤새 들려와요

귓속에 달팽이관의 달팽이들이 미친 듯 거리로 쏟아져 나
올 것만 같아요

일주일째 이어지는 이어져야 하는 꿈나라의 이야기를 아
세요?

알리바바를 아세요? 알리바바와 40인의 도둑들을 아세요?

오늘도 내일도 다다음 날도 목적지도 없이 매일매일, 귀를
파고드는 민요 가락이

오늘은 총기상에 들려서 총을 구입해야겠어요

칠월

햇볕을 키우는 창문이 자라요
사방연속무늬처럼 창문이 옆으로 길게 늘어져요
실내의 온도와 습도로 충분히 배부르지 않은 아이의 배
속에는
걸신들린 수십의 작은 도둑들이 살고 있는 게 분명해요
하늘에 닿을 듯 실없는 더위만 자꾸 늘어져요
팔이 감겨 오는 일곱 살의 무게를 좋아해요
잠을 감아 올라가는 가느다란 팔을 목에 두르고
더 감기는 쪽으로 나는 빛나요
머리에 돋아나는 별들
이 가려워 아이는 베개에 축축한 잠을 자꾸 문지르고
한번 문지를 때마다 더 깊어지는 아이의 잠은
마치 어느 하늘 평지에 길게 누운 거인의 잠을 건드린 것
처럼
작은 손바닥에 묻어나는 미열
제멋대로인 잠버릇이 곤한 새벽하늘을 마저 깨워요

돛을 내리다

모두의 시선은 바다를 향하고 있었다

바다를 바라보다 새파랗게 눈이 멀 것처럼

혹시라도 나뭇가지의 미세한 떨림을 놓칠세라

그날 바닷물은 유리알처럼 투명했으며 아이들은 무릎까지
차오르는 바닷물에서 건져 올린 성게들로 사뭇 진지하였다

수평선 위로 한증막 같은 뭉게구름이 뭉게뭉게 피어올랐
는데

인내심을 잃은 어떤 이는 모두를 향해, 이제 바람이 죽었
다! 큰 소리로 외쳐 대었다

많은 이들이 붉게 솟아오른 몸 여기저기를 긁어 대었다

기다리고 기다리던 바람은 도무지 오지 않았고

사람들은 하나둘 자리를 떠나기 시작했다

>

온종일 바람을 기다리다 바람맞는, 우리는 왠지 청춘을 다
써 버렸다는 몹쓸 기분이 들었다

배를 다시 풀밭으로 밀어 올려 서서히 돛을 내리기 시작한다

하얀 돛 위에 푸른 글자로 새겨진 첫 항해

기다리다 늙어 버린 첫사랑처럼 우리는 서로의 얼굴을 마주
보며 피식 웃고 말았다

간절했던 날들의 돛을 접는다 돛과 돛 사이 일어나는 공기
의 마찰음이

사각사각 연필 깎는 소리같이 듣기 좋았다

극성스럽던 모기들이 힘을 잃어 가고 있다는 반가운 뉴스가
들려왔지만 우리는 벌써 그 도시를 잊은 지 오래였다

추상화

몇 날 며칠 손님들의 발길이 뚝 끊기자 음식점엔 쥐들이
들끓었다
가끔 오래된 저녁이 늦도록 머물다 갈 뿐이었다

더는 갇힐 수 없는 사람들이 사나운 들짐승처럼 거리로
몰려나왔다
집 밖으로 나온 많은 이들의 무의식이 거리를 장악했다
평화적으로 평화와 구호를 외치며
또는 폭력적으로
길거리엔 더렵혀진 마스크들이 바람에 질질 끌려 다녔다

순식간에 벌어진 일이었다
손에 망치를 든 자가 상점으로 다가가 맹목적으로 유리
문을 깨기 시작했다
유린을 당한 구멍으로
옷 무더기와 집기들을 들쳐 멘 검은 그림자들이 무더기
무더기 빠져나왔다

길가에 주차된 차에선 검은 연기와 불길이 치솟았다
치솟은 연기가 차의 험악한 낙서들을 지워 버렸다

독 안에 든 쥐를 바라보듯 몇몇 파란 제복의 남자들이 그 광경을 말없이 지켜보고 있었다

잃은 직장 대신 불안과 공포를 키우던 주민들이 멀거니 바라보고 있었다

어쩔 줄 모르던 나도 그날 코비드 19 뉴스 앞을 온종일 배회하였다

이사

포기한다

이 집에 머물러 있겠다는 생각을 포기하자마자 집에 스페

니시 일꾼들이 와 있다

낯선 사람이 낯익은 공간에 낯이라는 민감한 기후에

문득 내가 낯선 사람이 되고 만다

친숙한 땅을 포기하고

한국인의 국적을 포기하고

포기가 어린 배추 포기만 할 때

태평양 이쪽에서 저쪽으로

먼바다를 사이에 두고

밤과 낮을 머리맡에 두고

일란성 우리는 좁은 잠을 늘려 갔지

조상이 대대로 물려준 김씨를 포기하고

결혼해 행복한 전씨 일가를 이루었을 때

포기라는 말보다 청춘이란 말이 더 매력적일 때

그동안 얼마나 많은 포기가 나를 사로잡았는지

얼마나 많은 포기를 이루었는지

왜 그동안 포기를 한 번도 의심해 보지 않았는지

이십 년 차곡차곡 알차고 때 묻은 살림살이처럼
나는
거실에 우뚝 서 있는 까무잡잡한 피부색의 이 여인을 안
도한다
여인의 찰나가 기른 낯선 공간

빗소리를 담는 버릇이 있다

빗소리를 상자에 담는 것은
물푸레나무 너의 파란 등을 흘러내리는
여름의 얼굴을 만지는 것과 같다
손끝에 촉촉이 묻어날 것 같은 파랑
우리는 덜 익어 시큼한 오디 계절 속으로 걸어 들어갔다
그리 긴 여름은 아니었다

유리 창살에 부딪히기 좋아하는 흥건한 것들이 차츰 말
라 갔다
불에 타서 바닷가 식당이 없어졌다고 검은 나비넥타이 종
업원이 말해 주었다
없어졌다고 슬로 댄스마저 없어진 건 아니라서
오랜 방학이 끝나고

우린 같은 날 같은 시각에 다른 하늘을 나는 비행기로 창
공을 날았다 모든 연애는 하얀 빗금을 그으며 사라져 가는
비행기를 닮아서
너는 104도 열이 오른다 했고 나는 104도 열이 올라 보지
못한 사람의 얼굴을 하고 있었다
파란 수국을 닮은 필체를 읽으며 반복해서 읽으며 나는

수국의 마음이 되어 갔다
  가 보지 못한 보스턴의 하늘을 서랍에서 꺼내 보았다
  그 무렵 우리는 키스로 편지를 닫기도 한다는 걸 알았다

  여름이 가고서
  여름이 시작되었다

밟아라 삼천리

밟는다
서울에서도 밟지 않던 페달
태평양을 건너
사막의 도시 로스앤젤레스에서 밟는다
노루발이 새벽의 뒷마당을 지그시 내리면
내쳐진 길 어스름의 길까지 밟는다
좁은 길
이력이 난 길
밟히지 않으려면 밟아야 한다
한쪽 손은 미싱 핸들을
한쪽 발은 미싱 발판을
앞면의 피스*와 뒷면의 피스 날을 세워
눈 깜짝할 사이
이민 전선의 밥줄이 만들어지네
피스 피스 피스
우리는 생계의 등고선처럼 피스를 사랑했네
낯선 거리 어색한 불빛 참혹한 언어의 그늘 아래서도
아메리칸드림은 뿌리를 촉촉이 내리네
어쩌다 불안스레 덧댄 하루
안감과 겉감을 맞대어 산타 모니카 비치의 긴 해안선의

솔기가 되네
　서울 찍고 하와이 찍고 로스앤젤레스 찍고 온 길을 되돌
릴 수 없듯이
　태평양의 넓은 품을 되돌릴 수 없듯이
　콕콕 뾰족구두 아가씨 밑창이 닳도록 하루의 마침표를 찍네

　밟아라 삼천리의 후예들
　우리는 삼천리 구공탄의 온기를 나누어 지피며
　아랫목에 옹기종기 모여 앉듯
　오늘 불빛 찬란한 라스베이거스 한방에 모였네
　삼천리의 세대들을 모두 여의고
　자꾸 우스워지네 우스워서 자꾸 웃네

● 당시 유태계 주인이 대부분인 봉제 공장들은 피스워크제로 종업원들
　의 임금을 지불하였다. 이는 급료의 기준을 근무 시간에 두는 것이 아
　니라 업무 성취도에 두는 것이었다. 70년대 초에 시작되었던 미국으
　로의 이민 붐. 봉제 공장은 수많은 한인 이민 여성들의 굳건한 생활 터
　전이 되었다.

누구나 슬픈 저녁 하나쯤 갖고 있겠죠

꽃으로 모자를 만들어 썼군요 길을 가다가 작약을 만나거나 작약의 친척들을 만나요 아니 아니죠 작약같이 고운 꽃이 길 위에 있을 리 만무하죠 작약들은 아름다운 정원에 서식하겠지만 웨딩드레스 입은 신부에게 어울리는 꽃이죠

그러나 나는 작약에게서 작약의 내면에서 촘촘히 번지는 붉은 피를 봐요 그건 작약도 모르는 일이 될 수 있어요 신부 옆에서 아름다운 꽃들로 둘러싸여서 그러나 그렇게 해서라도 내 곁에 묶어 두고 싶은 심정을 이해해요 그게 진정한 사랑 아니면 무엇이겠어요

테이블 위 날리는 꽃잎들 그렇게 우리는 삼단 케이크처럼 하얗게 잘리고 묶여서 한 울타리 안에서 살지요 얼마간이 될지 모를 불투명한 미래를, 피를 흘리는 동안 우리는 존재하죠 피가 나의 내면을 흐르지 않는다면 어떻게 내가 아름다울 수 있을까요

어쩌면 우리 꽃들은 사랑이란 슬픈 저녁에 당도하기 위한 오브제일까요 그러나 태양이 끓어오르지 않으면 태양이 아니듯 나는 끓어오르는 삶 속에 나의 사물들을 배치해요 맙소사! 룸바 청소기는 나만 따라다녀요 꽃을 가슴의 중심에 두고 우아하게 걷고 싶은데 탁상시계가 주변 세계를 움직여요

파랑주의보

차는 어제의 손아귀를 바싹 틀어쥐고 사막을 달렸다 잘그락잘그락 화씨 120도 끓어오르는 모래를 바퀴는 가슴으로 안으며 밀어내며 검게 그을은 산이 네게 나타나서 사라져 가는 시간, 단 10분간의 경이로움

오늘 그가 네게로 와서 사라져 가는 시간은 빨려들 듯 영혼을 흔드는 강가의 불빛과 흔들리는 속도로 새벽 두 시 반의 강물을 따라 여러 척의 폐선들, 규정할 수 없는 흔들림

콜로라도강의 비릿하고 물컹한 것들이 네 몸을 빠져나가는 것을 강 건너 나는 바라보았다 오랜 가뭄으로 갈라진 땅, 그늘을 촉촉이 축이고 구름으로 비로 내리기까지의 찰나

순간이란 여정의 시간은 얼마나 짧을까, 어쩌면 영원일까, 그라는 활자 속으로 무수히 많은 시공간이 무한대로 펼쳐지는데

해 설

바깥이 궁금한 사람의 안을 응시하는 네모난
창, 혹은 시

이형권(문학평론가)

1. 울음의 강 이후

첫 시집 『로사네 집의 내력』을 읽은 후 7년 만에 다시 전
희진 시인의 시집을 읽는다. 첫 시집에 관해 「울음의 강을
건너는 방식」이라는 글을 쓴 것이 엊그제 같은데, 벌써 적
지 않은 세월이 흘렀다. 세월의 무상함을 말한들 무슨 의
미가 있을까마는, 중요한 것은 녹록하지 않은 여건 속에서
도 쉬지 않고 시를 써 왔다는 사실이다. 나는 새로운 시집
원고를 읽어 보면서 지난 시집을 떠올려 본다. 돌이켜 보니
첫 시집에 대해 나는 "인생이 울음이라는 인식 혹은 비관주
의자로서의 인식은 전희진 시에서 다양한 방식으로 드러난
다. 그 연원 혹은 계열체는 소외, 고독, 그리움, 후회, 불

안, 불화, 부재 등인데, 이들은 전희진 시인이 살아온 내력과 밀접하게 연관된다"라고 썼다. 이 문장들은 이번 시집에서도 여전히 유효하지만, 그 표현 방식이나 서정의 깊이는 사뭇 달라졌다는 느낌이 든다.

여전히 전희진 시인은 인생이라는 울음의 강을 건너고 있다는 것, 그리고 그 월강越江의 나룻배가 시라는 것은 예전과 조금도 변함이 없다. 그녀는 여전히 슬프고 외롭고 불안한 인생의 한가운데서 그것을 극복하고 승화하기 위해 시를 쓴다. 시의 특이성은 삶의 특이성에서 비롯된다. 그녀는 서울에서 출생하고, 1973년 미국으로 이주를 해서 오늘까지 살고 있다. 청춘 시절에 모국을 떠나 반세기 가까이 미국에서 살아가고 있는데, 이 기나긴 세월 동안 그녀의 미국살이는 매우 곤곤困困했을 것이다. 이민자들이 모두 그러하듯이, 전희진 시인도 문화적 이질감과 경제적인 문제를 해결하기 위해 밤낮으로 뛰어다녔을 것이다. 이처럼 고달픈 삶은 디아스포라를 숙명으로 사는 사람들의 공통적인 특성이다. 스스로 떠나왔든 타의에 의해 떠나왔든 이국땅에서 사는 것은 고달픈 일이다. 특히나 이질적인 언어 환경 속에서 모국어로 시를 쓰는 것은 여간 어려운 일이 아니다.

한글로 시를 쓰기 위해서는 언어와 장르의 어려움을 온몸으로 떠안아야 한다. 미국에서 소수자의 언어인 한글을 사용한다는 것, 더구나 고도의 한글 구사 능력을 요구하는 시를 쓴다는 것은 일종의 혁명에 가까운 일이다. 그것은 단지 모국어를 그리워하는 향수 차원일 수도 있지만, 궁극적으로는 미국이라는 사회에서 전면적으로 색다른 자기 세계를 건설하는 일이기 때문이다. 한글은 한인의 처지에서 보면 다른 언어로는 대체할 수 없는 아우라가 있고, 한인만의 독특한 생각과 느낌을 표현하는 데 매우 유용하다. 언뜻 생각하면 영어가 지배 언어인 사회에서 소수자의 언어인 한글로 시를 쓰는 일은 공허한 울림일 수도 있다. 하지만, 한글시는 디아스포라의 삶을 살아가고 있는 한인의 내면세계를 밀도 높게 드러내는 데 최적화된 방식이다. 전희진 시인의 시가 갖는 일차적인 의미도 여기에서 출발한다.

첫 시집과 비교하여 이번 시집에서 특히 주목되는 것은 디아스포라 차원의 내면세계에 대한 성찰이 더 전위적인 언어와 형식으로 드러난다는 점이다. 『로사네 집의 내력』이 멕시칸 이민자인 "로사네 집" 혹은 이민자의 삶의 내력을 노래하는 데 치중했다면, 이번 시집은 시인 자신의 마음속 깊은 곳을 응시하는 데 각별한 관심을 기울이고 있다. 특히 그 응시의 대상이 의식 차원뿐만 아니라 무의식의 차원까지를 포함한다는 점을 주목하지 않을 수 없다. 미국의 한인시 가운데 디아스포라 의식이 무의식 차원에서 드러난 시를 찾는다는 것은 쉽지 않은 일이다. 또한, 장르상으로도 일반 서정시뿐만 아니라 산문시, 실험시, 메타시. 시극 등과 같은 다양한 형식을 활용하고 있다. 표현 기법도 다양하다. 이런 점에서 이 시집은 미주 한인시의 색다른 경향을 보여주고 있다고 하겠다.

2. 이사하듯이 살아온 디아스포라 이야기

디아스포라는 전희진 시의 핵심 테마 혹은 중심 모티브에 속한다. 디아스포라는 경제적이거나 정치적인 이유로 고향을 떠나 살아가는 사람을 의미한다. 그 연원은 아시리아의 침입으로 고향인 팔레스타인을 떠나 세계 각지에 흩어져 살면서 자신들의 규범과 생활 관습을 유지하는 유대인들이다. 오늘날에는 그 의미가 확장되어 고향을 떠나 타지에서 살아가는 민족 집단 또는 그 거주지를 전반적으로 가리킨다. 디아스포라diaspora는 원래 고대 그리스어에서 '~너머'를 뜻하는 디아dia와 '씨를 뿌리다'를 뜻하는 스페로spero가 합성된 것으로, 이산離散 또는 파종播種을 의미한다. 이때 이산은 뿌리 뽑힌 삶의 유랑과 고달픔을, 파종은 새로운 세계의 개척이라는 보다 적극적인 의미를 내포한다. 이 시집의 끝부분에 등장하는 「이사」는 이산과 관련된 삶을 함축적으로 드러낸다.

포기한다
이 집에 머물러 있겠다는 생각을 포기하자마자 집에 스페니시 일꾼들이 와 있다
낯선 사람이 낯익은 공간에 낯이라는 민감한 기후에

문득 내가 낯선 사람이 되고 만다

친숙한 땅을 포기하고
한국인의 국적을 포기하고
포기가 어린 배추 포기만 할 때
태평양 이쪽에서 저쪽으로
먼바다를 사이에 두고
밤과 낮을 머리맡에 두고
일란성 우리는 좁은 잠을 늘려 갔지

조상이 대대로 물려준 김씨를 포기하고
결혼해 행복한 전씨 일가를 이루었을 때
포기라는 말보다 청춘이란 말이 더 매력적일 때
그동안 얼마나 많은 포기가 나를 사로잡았는지
얼마나 많은 포기를 이루었는지
왜 그동안 포기를 한 번도 의심해 보지 않았는지

이십 년 차곡차곡 알차고 때 묻은 살림살이처럼
나는
거실에 우뚝 서 있는 까무잡잡한 피부색의 이 여인을
안도한다
여인의 찰나가 기른 낯선 공간

—「이사」 전문

이 시의 "나"는 "이십 년"을 살던 집에서 다른 집으로 이사를 하고 있다. 시의 맨 앞부분에서 이사는 "이 집에 머물러 있겠다는 생각을 포기하"는 것이라고 규정한다. 이때 "포기"한다는 것은 단순한 공간 이동을 넘어 집을 매개로 이루어졌던 삶의 모든 익숙한 것에서 벗어나는 일이다. 그동안 살던 집의 지리적 환경이나 주변 사람들과의 관계, 나아가 자기의 생각이나 느낌에서 이탈하는 것이다. "이사"를 돕기 위해 온 "스페니시 일꾼들"을 바라보면서 "문득 내가 낯선 사람이 되고 만다"는 것은 다시 새로운 곳으로 이동하는 자신을 발견한 데서 오는 느낌이다. 그런데 "나"의 삶에서 이와 같은 "이사"는 오래된 연원을 갖는다. 오래전에 "친숙한 땅"과 "한국인의 국적을 포기"하고 미국에 이민을 왔던 것도 "이사"였다. 그 이후 미국에서도 빈번히 "이사"를 하면서 살아왔다. "이사"를 하면서 그동안 "얼마나 많은 포기를 이루었는지" 생각해 보는 것은, "나"가 낯선 땅에서 그동안 겪어온 디아스포라의 삶 전반을 성찰하는 일이다. 시의 말미에서 이사를 돕는 "까무잡잡한 피부색의 이 여인"에게 "안도"감을 느끼는 것도 유유상종의 마음과 관련된다. "나"는 이민자인 그 "여인"에게서 일평생 "이사"하듯 살아온 자기 자신을 발견하고 있는 것이다.

디아스포라의 삶은 「환절기」 「지구는 여전히 둥글고 좁게 느껴지네」 「전래 동화」 「네모난 창」 「고용」 등에서도 나타난다. 가령 「고용」에서는 "사람들은 캘리포니아에 올 때 〈호텔 캘리포니아〉의 환상을 보려 하지"만 "좌우로나 상하로 움직이면 그냥 당신의 몸을 우직한 침대의 율동에 맡기네

좌우로 흔들리고 위아래로 함께 흔들리다 보면 나머지

는 불안 초조 강박이 다 알아서 할 걸세 언제 닥칠지 모르는
빅 원을 위하여 당신은 불안 초조 강박을 고용해야 하네"라
고 노래한다. 미국 이민자들은 '캘리포니아드림' 혹은 아메
리칸드림을 안고 미국에 건너왔지만, 그들 앞에 펼쳐진 것
은 흔들리는 삶과 함께 "불안 초조 강박"이라는 정신적 혼
란뿐이라는 것이다. 새로운 세계를 찾아 희망을 품고 찾아
왔지만, "지구본 속 내가 착지할 광활한 점 하나는 어디에
있을까 찾을 수 없"(「지구는 여전히 둥글고 좁게 느껴지네」)는 현실
이 기다릴 뿐이다. 이것이 바로 디아스포라의 유랑하는 삶
의 모습이다.

이사가 디아스포라의 삶을 상징한다고 할 때, 그것은 일
차적으로 유랑하는 고달픈 삶과 관련되지만, 다른 한편으
로는 관습을 벗어난 새로운 세계를 지향하는 것을 의미한
다. 즉 이사는 낯선 땅에 살더라도 타자의 삶을 거부하고 스
스로 주체가 되려는 삶의 과정을 상징하는 것이다. 아래의
시에 의하면 그것은 밖을 지향하는 삶인데, 전희진 시인의
시 쓰기는 그러한 삶과 관계 깊다.

　　당신은 창밖을 내다보고 있군요
　　한 번도 눈 구경을 해 보지 않은 사람처럼

　　밤새 쌓인 창밖의 눈이 방 안 가득 그 눈부심을 들여와
　　손에 잡히는 대로 〈아베마리아〉를 틀었다가 고음으로 방치
　　되어 확장되는 부분에서는 나도 모르게 팽창이 되어서 내

가 먼저 끊어졌다가

커피가 식도록 식은 줄도 모르고
창문에 달라붙은 얼음 조각들이 물방울이 되도록
안간힘은 늘 우리 가까이에 머무르고 있군요

지붕에서 한 뭉치의 눈이 폴짝 마른 깃털처럼 뛰어내립니다
하나의 시어가 떠오르지 않아 시집 몇 권을 털었다가
무엇에 갇힌 사람처럼 방구석을 뱅뱅 돕니다
새해에는 시 안 쓰는 사람이 되기 위해 복 받은 사람
이 되려고
올해 남은 며칠 열심히 써야 하므로

눈 속에서도 붉은 열매를 매단 산수유나무처럼
아무도 가지 않은 길을 내딛을 첫 눈사람이 되기 위해
다정한 점심을 어서 끝내고 길이 빙판이 되기 전에 어
서어서
휘어진 골목의 눈 위를 뽀드득뽀드득
그런데 당신은 그해 겨울처럼 멍하니 창밖을 내다보고
있군요

—「눈」전문

이 시에서 "창밖을 내다보고 있"는 "당신"은 밖을 지향하
는 사람이다. "당신"이 눈 오는 날 "한 번도 눈 구경을 해

보지 않은 사람처럼" 창밖을 응시하는 것은 언제나 밖의 세계에 대한 동경을 간직하고 산다는 의미이다. 그러한 동경 의식은 "창밖의 눈이 방 안 가득 그 눈부심을 들여와" 주기 때문이다. 이때 "눈부심"은 새로운 세계의 경험에서 오는 경이감을 표상하는데, 이는 "당신"이 밖의 세계를 지향하는 이유이기도 하다. 한편으로 밖은 일상의 비루함을 넘어선 탈일상의 세계, 즉 일상을 승화하는 시의 세계를 의미한다. "눈" 내리는 날 "하나의 시어가 떠오르지 않아 시집 몇 권을" 뒤적이는 것은 그런 세계를 지향하는 모습이다. 그런데 시에 관한 고뇌의 시간이 "새해에는 시 안 쓰는 사람이 되기 위"한 것이라는 고백은 역설적이다. 완전한 시를 씀으로써 더는 시를 쓰지 않겠다는 것인데, 이는 예술가로서의 이상적 작품을 향한 열정과 관련된 낭만적 아이러니를 드러낸다. 하여 시를 쓰지 않겠다는 다짐은 결국 더 나은 시를 계속 쓰겠다는 의미와 다르지 않다. "당신"은 시를 쓰되 "눈 속에서도 붉은 열매를 매단 산수유나무"나 "아무도 가지 않은 길을 내딛을 첫 눈사람"과 같은 시를 쓰겠다는 것이다. 이때 "당신"은 전희진 시인이 밖의 삶을 추구하는 자기 자신을 2인칭(혹은 3인칭)으로 대상화한 것이다. 이는 자아를 객관화함으로써 성찰적 인식을 더 정직하게 실천하기 위한 시인의 의도가 반영되었다고 할 수 있다.

3. 바깥이 궁금한 사람의 낭만적 아이러니

　밖을 지향하는 마음은 어떤 형태로든 안에서의 결핍과 관련되는 것이다. 정신적인 차원이든 물질의 차원이든, 안에서 결핍을 느낀 사람은 밖에서 그것을 충족시키고자 한다. 물론 밖의 세계를 지향한다고 안의 세계가 지닌 결핍이 온전히 해소되는 것은 아니다. 그것이 인생이고 세상의 이치이자 시의 원리이기도 하다. 안의 결핍을 넘어서기 위해 밖을 추구하지만, 밖의 세계에 들어가면 밖은 다시 안이 된다. 미국 이민자의 처지에서 보면 한국이라는 안에서 미국이라는 밖을 찾아 삶의 결핍을 해소하려 했지만, 실상 미국에서의 삶이라고 해서 한국에서의 삶과 크게 다르지 않다. 또한, 한 시인의 처지에서 비루하고 관습적인 일상 너머를 추구하기 위해 시를 쓰지만, 너머의 세계에 막상 도달해 보면 그곳이 다시 일상적인 세계와 다르지 않게 된다. 시의 아이러니이자 삶의 아이러니이다.

　　오늘도 생각의 바깥에 앉아 어둠이 유리컵처럼 깨지는
　걸 지켜봤습니다
　　나는 모처럼 안에 있는 사람 안사람 안 사람
　　나는 안쪽으로 찌그러진 상자일까요 만약 내가 사람이라면,
　　입 안의 풍선껌처럼 부풀어 올라 주저앉을 일만 기다리는,
　　내가 바지라면 안과 밖이 있을 텐데

나의 앞에는 콘크리트 같은 어둠

아주 가끔이지만 바깥을 나가면 마음이 조급해져요 플래시같이 터지는 빛 때문에 눈을 찡그리게 돼요 빛의 조리개 속에 드러나는 바깥은

제라늄의 붉은 상처 플라타너스의 여름 폭풍이 할퀴고 간 폐허, 빌딩을 세우고 있는 것은 언제 갈라질 줄 모르는 금 간 허물

닫힌 문의 코앞에서 코를 박고 있을 어둠, 쿵쿵거리다가 차차 모서리가 닳아 없어질,

문 앞에 나의 깨진 유리컵을 내놓습니다

  —「바깥이 궁금한 사람에게」 부분

이 시의 "나"는 몸과 마음이 분열되어 있다. 즉 몸은 "안"의 세계에 있지만, 마음은 "바깥"의 세계에 있다. 즉 "나는 안쪽으로 찌그러진 상자"와 같아서 "생각의 바깥에 앉아 어둠이 유리컵처럼 깨지는 걸 지켜봤"다고 한다. 안에 있는 "나의 앞에는 콘크리트 같은 어둠"이 존재할 뿐이어서 생각이라도 바깥의 빛을 지향한다는 것이다. 문제는 어쩌다가 "바깥을 나가"더라도 "빛 때문에 눈의 찡그리게 되"고 만다는 사실이다. "빛의 조리개 속에 드러나는 바깥"에는 "제라늄의 붉은 상처 플라타너스의 여름 폭풍이 할퀴고 간 폐허, 빌딩을 세우고 있는 것은 언제 갈라질 줄 모르는 금 간 허물"일 뿐이다. 삶의 "상처"와 "폐허"와 "허물"로 점철된 바깥의 세계는 안의 어둠의 세계와 다르지 않은 것이다. 이것

은 어둠의 안에서 빛의 바깥인 아름다운 세상을 기대했지만, 실제로는 그러한 기대를 여지없이 배반하는 삶의 아이러니를 표상한다.

밖의 삶을 온전히 지향하기 위해서는 밖을 구성하는 현실을 정확히 인지해야 한다. 최근 들어서 현실 문제의 가장 큰 이슈는 단연 '코비드 19'였을 터, 문제의 심각성은 그것이 지역에 머물지 않고 전 세계적인 현상으로 전개되었다는 점이다. 실제로 팬데믹은 전 세계 어느 곳에서든 사람들의 삶에 많은 영향을 끼쳤다.

몇 날 며칠 손님들의 발길이 뚝 끊기자 음식점엔 쥐들이 들끓었다
가끔 오래된 저녁이 늦도록 머물다 갈 뿐이었다

더는 갇힐 수 없는 사람들이 사나운 들짐승처럼 거리로 몰려나왔다
집 밖으로 나온 많은 이들의 무의식이 거리를 장악했다
평화적으로 평화와 구호를 외치며
또는 폭력적으로
길거리엔 더럽혀진 마스크들이 바람에 질질 끌려 다녔다

순식간에 벌어진 일이었다
손에 망치를 든 자가 상점으로 다가가 맹목적으로 유리문을 깨기 시작했다

유린을 당한 구멍으로

옷 무더기와 집기들을 들쳐 멘 검은 그림자들이 무더기
무더기 빠져나왔다

길가에 주차된 차에선 검은 연기와 불길이 치솟았다

치솟은 연기가 차의 험악한 낙서들을 지워 버렸다

독 안에 든 쥐를 바라보듯 몇몇 파란 제복의 남자들이 그
광경을 말없이 지켜보고 있었다

잃은 직장 대신 불안과 공포를 키우던 주민들이 멀거니
바라보고 있었다

어쩔 줄 모르던 나도 그날 코비드 19 뉴스 앞을 온종일
배회하였다

—「추상화」 전문

이 시는 팬데믹 이후 세계 어느 도시에서나 만날 수 있는
어두운 풍경을 보여 주고 있다. "코비드 19"로 인해 "손님
들의 발길이 뚝 끊기자 음식점엔 쥐들이 들끓었다"고 한다.
이는 시도 때도 없이 정부에 의해 영업 정지를 당한 자영업
자들이 극단적인 위기에 처한 상황을 암시해 준다. 3년 가
까이 외출 금지를 당하는 것이 일상이 되어 버리는 현실 속
에서 일반 시민들도 인내심이 한계에 도달했다. 거리로 뛰
쳐나온 사람들, 그들의 "무의식이 거리를 장악했다"고 한
다. "무의식"의 세계는 이성적 판단이 아니라 리비도가 지
배하는 곳이므로, 건전한 시민 의식이나 공동체 윤리를 기

대할 수 없는 세계이다. "손에 망치를 든 자"가 상가를 파괴하고, 물건을 약탈한 사람들("검은 그림자들")이 지배하는 세계이다. 더 심각한 것은 공권력을 가진 "파란 제복의 남자들이 그 광경을 말없이 지켜보고 있었"고, "잃은 직장 대신 불안과 공포를 키우던 주민들이 멀거니 바라보고 있었다"라는 것이다. 이러한 세계는 인간으로서의 최소한의 윤리나 질서가 파괴된, 현실에서 있을 수도, 있어서도 안 되는 곳이다. 그래서 시인은 그것이 구상화가 아니라 "추상화"일 따름이라고 명명한다. 구체적 현실을 반영한 구상화가 아니라 비현실적인 폭력과 야만이 지배하는 "추상화" 같은 세계라고 본 셈이다.

4. 네모난 창, 어두운 내면을 응시하는 통로

현실 문제는 이 시집에서 '코비드 19'뿐만 아니라 불행한 가정사, 비극적 역사, 물신주의, 그리고 비루한 일상 등으로 제시된다. 가령 「목련꽃 질 무렵」에서 선보인 유년기에 체험한 비극적인 가족사, 「침입자」에서 보이는 전쟁과 이산의 고통, 「어느 목조건물」에 등장하는 위안부 소녀의 비극적인 모습, 「나는 플랭클린을 사랑해」나 「어머니의 은행 잔고」에 드러난 물신주의, 「일상의 무늬」에 나타난 메마른 일상 등은 모두가 현실의 문제와 연관된다. 이러한 현실을 살아가는 삶들의 어두운 내면세계는 우울감, 불안감, 소외감,

고독, 죽음 의식, 상실감 등이 지배한다.

장작을 넣을까
전기 히터를 켤까 하다가
한 눈금의 경제 사이에서 골몰하다가
결국 장작도 들이고 히터도 들이는
따뜻한 낮과 섞이지 못하는
얼어붙은 밤이 낯설게 다가옵니다

내려가야지
생각이 앞서거니 뒤서거니 생각이 먼저 산을 끌고 내려
가는 동안
땅바닥에 나비 한 마리 졸린 듯
붉은 점박이 검은 나비가 나른한 햇볕을 들이고
생각을 접은 나른한 나의 날개를 그 위에 포개 둡니다
                                            ―「불안의 무렵」부분

미려한 사랑이 먹통으로 떨어질 수 있다는 것, 몰랐어요
미세한 파편 하나가 심장에 튀어서 제 심장이 까만 피
를 흘렸죠
가끔 손을 가슴에 얹고 그 자리가 어디였나 가늠해 보아요

이제 나는 슬픔이 소유한 나를 떨어뜨리고 싶어져요
우울이 소유한 나를 떨어뜨리고 싶어져요

시도 때도 없이 불안이 소유하는 나를 장바닥에 패대기
치고 싶어져요
　　상투적인 관습에 얽매인 나를요 바닥에 패대기치고 싶어요
　　　　　　　　　　　　　　—「별이 자꾸자꾸 떨어져요」부분

　앞의 시에서 "불안"은 "따뜻한 낮과 섞이지 못하는/ 얼어
붙은 밤"과 같이 화자의 마음을 지배한다. 화자는 하늘을 날
지 못하는 "땅바닥"의 "나비 한 마리"처럼 인간으로서의 기
본적인 생각조차 할 수 없다. 즉 "생각을 접은 나른한 나의
날개를 그 위에 포개" 두고 "불안의 무렵"에 존재하는 것이
다. 뒤의 시는 "슬픔이 소유한 나" 혹은 "우울이 소유한 나"
를 노래한다. "슬픔"과 "우울"의 원인은 "사랑이 먹통으로
떨어"지는 것과 관련되는 듯이 보이지만, 그것뿐만 아니라
거기서 파생된 인생 전반의 문제와도 연관된다. 중요한 것
은 그러한 "슬픔"과 "우울"이 "상투적인 관습에 얽매인 나"
스스로에서 비롯되었다는 점이다. 사랑이든 인생이든 상투
적인 것을 슬프고 우울하게 느끼는 것은, 역설적으로 그것
을 넘어서려는 마음을 간직하고 있다는 것을 의미한다. 그
리고 그것이 시의 차원으로 나아갈 때는 새로운 양식과 표
현을 향한 강렬한 탐구심과 다르지 않다. 하여 위의 시에
등장하는 "불안"이나 "슬픔" "우울" 등은 역설적으로 새로
운 삶과 시를 추동하는 힘이 된다. 또한, 「초록색 캐비닛」의
불안감, 「지금 나는 관 밖에 앉아 있습니다」「잠시 흔들리는
식탁」등의 죽음 의식, 「안개꽃이 있는 정물화」의 자아 상실

감, 「밀접 접촉자」의 가식성, 「모놀로그」의 단절감, 「우리에게 외로움이 다녀간 줄 모르고」의 외로움 등도 마찬가지다.

어두운 내면세계가 역설적 에너지를 얻기 위해서는 그 "상투적인 관습"성을 벗어나고자 하는 의지가 필요하다. 이러한 의지는 디아스포라의 삶이 갖는 이산과 유랑의 고달픔을 극복하고 새로운 세계를 개척하려는 정신과 관계 깊다.

문 앞에 네모난 상자가 배달되었다 텅 빈 상자 나는 문을 열고 들어가 네모난 상자를 뒤집어썼다 네모난 마음이 안정이 되지 않았다 그 상자는 불안하게 들썩거렸다 마치 뱀이 가득 든 상자처럼 내가 가만히 있어도 창밖의 풍경은 쉬지 않고 바뀌었다 어디가 끝인지도 모르는 사물과 사람들 틈에서 끝까지 펼쳐진 창의 내륙을 따라 마치 짐칸의 수화물처럼 나는 어딘가로 떠나고 있었다

유리같이 네모난 마음이 안정적이지 못해서 언젠가는 주인에게 닿겠지 윗니와 아랫니가 잘게 부딪쳐 허공이 미세하게 떨렸다 옥수수 옥수수 옥수수밭이 풀려나고 옥수수 옥수수 옥수수 끝도 없는 옥수수밭 그때 수평으로 길게 네모난 틈으로 암말의 대퇴부같이 부드러운 산의 능선이 보였고 누군가 나를 쳐다보고 있었다 달리는 차창 밖으로 한 계집아이가 그녀의 앙증맞은 작은 손을 끄집어내어 나를 향해 흔들었다 손뼉을 치며 뭐라고 외치고 있었다 새삼 내가 중요한 것들을 두고 왔다는 것을 깨달았다 누군가를 기

쁘게 해 줄 언어와 노래는 내가 살아 있다는 유일한 증거

　눈이 왔다 붉은 벽돌집에 붉은색이 보이지 않게 함박눈
이 많이도 내렸다 네모난 창에는 크리스마스트리의 알록달
록 불빛이 깜빡였다 추위에 떠돌던 나의 어깨를 잡아 주는
손길, 주인의 따스한 체온이 느껴졌다 나는 더 이상 밀려가
는 낯선 풍경 속에 밀려가지 않았다 나의 옆에는 눈이 크고
눈썹이 안정적으로 두터운 나의 반려가 있었고 그녀의 긴
목덜미가 내 귀를 자꾸 간지럽혔다
　먼 데서 삼나무 숲 삼나무들이 눈을 터는 소리가 들려왔다
　　　　　　　　　　　　　　　　　—「네모난 창」 전문

　이 시는 "문 앞에 네모난 상자가 배달되었다"는 사건에
서 시작한다. "네모난 상자"는 소통 부재의 시대를 상징하
는 것으로 읽을 수 있다. 보내는 사람과의 대면 없이 배달
되는 "네모난 상자"를 받은 "나"는 "마음이 안정이 되지 않"
고 "나"의 마음이 투사된 "상자는 불안"하다. 인간적 교류
없이 물물교환만이 이루어지는 세계는 "사물과 사람들"이
동일시되는 물신주의가 지배한다. '마치 짐칸의 사물처럼
나는 어디론가 떠나고 있기' 때문이다. 사물화되어 유랑하
는 인간의 모습은 "불안"하지 않을 수 없다. 두 번째 연에
서 "네모난 마음"은 타인들과 유연하게 어울리지 못하는 각
진 심사를 뜻한다. 그런데 "네모난 틈"은 그러한 심사에 균
열을 가져온다. 그 틈으로 "부드러운 산의 능선"이나 '앙증

맞은 그녀의 작은 손'을 발견하게 된 것이다. 하여 "중요한 것들을 두고 왔다는 것을 깨달았다"고 한다. 그것은 "누군가를 기쁘게 해 줄 언어와 노래"로서 "내가 살아 있다는 유일한 증거"라는 것이다. 이 자각은 "불안"을 넘어설 가능성을 담보한다.

시상의 변화는 셋째 연에서 "네모난 상자"가 아닌 "네모난 창"이 등장하면서 이루어진다. "눈" 내리는 "크리스마스"라는 배경도 그러한 반전과 깊이 연관된다. "눈"은 티끌 같은 속세를 정화하는 구실을 하며 "크리스마스"는 타락한 인간 정신을 숭고하게 한다. "불안"을 부르던 "네모난 상자"가 "네모난 창"으로 변함으로써, 불통에서 소통을 통해 안정적인 마음을 갖게 되었다는 것이다. '주인의 따뜻한 손길을 느꼈다'는 것은 정신의 주인, 영혼의 주인을 만났다는 것을 의미한다. 더구나 "안정적으로 두터운 나의 반려가 있었"으니 "나는" 이제 스스로 주체가 되어 "더 이상 밀려가는 낯선 풍경 속에 밀려가지 않"는 것이다. 중요한 것은 주체적인 "나"의 발견에 "누군가를 기쁘게 해 줄 언어와 노래"에 대한 자각이 있었다는 점이다. 마지막 시구에서 "삼나무들이 눈을 터는 소리"는 그러한 자각을 강조하는 문학적 장치로서 손색이 없다. 이때 "언어와 노래"는 시와 다르지 않을 터, 「네모난 창」은 시에 의지해 불안한 마음을 치유하는 전희진 시인의 삶을 반영한 것으로 읽힌다.

이처럼 어두운 내면의 상투성을 극복하고자 하는 의지는 전위적 표현이나 양식 실험의 차원에서도 나타난다. 가령 앞의 「네모난 창」을 비롯하여 「텍사스는 카우보이를 남기고 나는 무늬를 남기고」「초록색 캐비닛」「검은 숲」 등에서는 환상적 이미지와 무의식 차원을 드러내고 있다. 또한 「선택」에는 메타 문학의 특성이 나타나고, 「디어 윈터」에서는 시극의 양식을 보여 주고 있다. 또한 「일상의 무늬」에서는 시간의 순서에 따른 영상 기록을 재현하는 비시적 진술 방식을 드러내기도 한다. 이와 같은 특성은 1990년을 전후한 시기의 한국 해체시 내지는 최근 시에서 드러나는 장르 확장의 경향과 맥락을 같이한다. 이는 그동안 전희진의 시와 비교할 때 새로운 모습이라는 점에서 주목을 요한다.

4. 혁명적인 시를 위하여

전희진 시인의 첫 시집이 울음의 강이 범람하는 풍경을 보여 주었다면, 이번 시집에서는 범람 이후 더 넓어지고 깊어진 노래를 들려주고 있다. 첫 시집의 울음이 이번 시집에서는 불안, 우울, 슬픔, 소외, 고독, 죽음 의식 등 내밀한 의식 내지는 무의식과 결합하여 더 큰 울림을 만들고 있다. 울음의 강을 건너는 방식도 더 정교해지고 과감해졌다. 자아의 내면세계 혹은 무의식을 들여다보면서 새로운 표현과 장르 실험을 추구하고 있다. 언어 구사의 측면에서도 전통적인 차원의 응축과 압축 혹은 은유적 언어보다는 해사解辭적, 환유적 언어를 사용하는 빈도가 높다. 이러한 변화는 언어 감각과 시의 감각, 그리고 삶의 감각을 참신하게 해 주는데, 전통적 서정시가 지배적인 미주 한인시에 일련의 변화를 보여 주었다는 점에서 기억할 만한 사례이다.

장르와 표현에서의 새로움은 이 시집에서 안과 바깥으로 상징되는 삶의 아이러니를 드러내는 데도 효과적이다. 전 희진 시인에게 한 시절 한국이 안이라면 미국은 밖이었을 것이다. 또한, 일상이 안이라면 시가 밖이었을 것이다. 전 시인은 이 안과 밖의 아이러니를 일찍이 간파하고 살아온 시인이다. 이러한 아이러니를 극복할 방법은 그러한 아이러니를 더 철저하게 실천하는 일이다. 시를 통해 관습의 어둠에 빠진 인생과 언어와 자아를 전복하여 자유의 빛으로 나가려는 것은 그러한 실천의 결과이다. 이러한 의지와 관련하여 전희진 시인이 추구하는 궁극의 가치는 시의 혁명, 아니 인생의 혁명이다.

아무도 모르겠지
바다를 바라보며 내가 때때로 쿠바산 시가를 즐겼다는 것을
어렴풋이 혁명적인 시를 썼다는 것을
갑판에 있는 저 타자기가 증명해 줄 것이다
지금은 사라져 버린 이 이야기를
나무 갑판 위 의지할 의자도 없이
출렁이며 내게로 밀려드는 물결들을 빤히 바라보고 있
으면 마치 내가
바다의 일부분이 된 것 같아

나는 어딘가를 홀연히 흘러가야만 하네

드넓은 공백으로 가득 찬 물길 위 시간이 달리네

가오리 메기 떼들과 한 몸이 되었지

멋지게 지느러미를 흔들어 대며 자유롭게 물결쳤네

멋진 세상, 꿈속에서도 모두가 나를 부러워했지

갓 잡은 노란 줄무늬 물고기를 손에 든 당신

거기서 무얼 하나요

바다와 하늘의 경계는 그날처럼 분명치 않았어

저공을 습격하는 세 마리의 날개들을 고용해 흐린 하늘
은 곧 비를 뿌리겠지

탁탁 금속성의 문장들이 제멋대로 허공을 튀기네

튀기다 말고 간혹 갑판으로 떨어지네 빗방울처럼

낡은 타자기 밑에 밀어 넣은 종이에 비가 들이치겠지 그
옆 담뱃갑에도

어쩌나 나는 이곳에서 꼼짝할 수 없는데, 나의 명시들이
비에 젖겠네 어쩌나

　　　　　　　　　　　　—「금속성의 문장들」 전문

이 시의 "나"는 "나무 갑판 위 의지할 의자도 없이" 바다
를 항해하는 "혁명적인 시"를 쓴 시인이다. 바다는 늘 새롭
게 "밀려드는 물결들"로 출렁이고 그것은 바라보는 "나"는
어느덧 "바다의 일부분이 된 것 같"은 생각이 든다. "나는
어디론가를 흘러가야만 하"는 노마드의 운명을 기꺼이 받
아들이는 존재이다. 하여 "드넓은 공백"의 "시간"에 역동적

으로 달려가는 바다의 물고기들과 하나가 되어 "멋지게 지느러미를 흔들어 대며 자유롭게 물결"치고 있다. 이때 "나"는 '바다와 하늘의 경계는 분명치 않'다고 느끼듯이 현실 너머 이상의 세계에 육박하게 된다. 즉 '흐린 하늘이 곧 비를 뿌리'면 "나"는 "금속성의 문장들이 제멋대로 허공을 튀기"면서 "혁명적인 시"를 창작할 수 있게 된다. 이때 "혁명적인 시"는 정치적 혁명을 내용으로 하는 시일 수도 있고, 언어적, 미학적 갱신을 추구하는 시일 수도 있다. 중요한 것은 "혁명적인 시"는 어떤 방향이든 새로움을 추구하는 시를 의미한다는 점이다.

문제는 바다가 곧장 하늘과 하나가 될 수는 없는 법, 의지할 곳 없는 갑판에 비가 내리면 "나의 명시들이 비에 젖"을 수밖에 없다. 바다와 하늘을 하나로 융합하면서 이상 세계에 육박肉薄하게 해 준 '흐린 날'이 결국 시의 이상 세계인 "명시들"의 존재를 다시 무력하게 하는 셈이다. "혁명적인 시" 혹은 "명시들"은 시간이 흐르면 다시 평범한 시가 될 터이니, 다시 그러한 시를 찾아 나서야 한다. 이것은 부단히 새로운 시를 써야 하는 시인의 운명이다. 시인은 낡은 시를 넘어서기 위해 새로운 시를 쓰고, 시간이 흘러 새로운 시가 다시 낡은 시가 되고, 또다시 새로운 시를 추구해야 하는 것이다. 이러한 운명은 시(예술)의 본질로서의 낭만적 아이러니를 드러내는 것일 터. 그 주인공은 그것을 온전히 깨닫고 "명시들"을 추구해 온 전희진 시인이라고 불러도 마땅하지 않을까?